U0533256

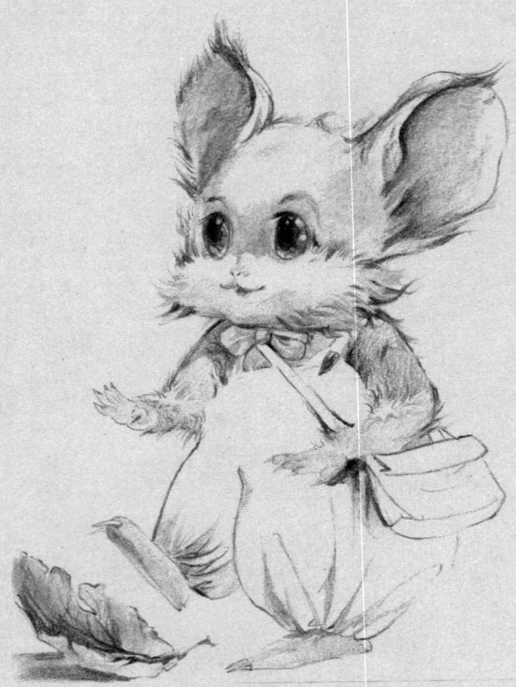

红影

林凡　著

中国大百科全书出版社　知识出版社

图书在版编目（CIP）数据

红影 / 林凡著. -- 北京：知识出版社，2024.5
（致青春·中国青少年成长书系）
ISBN 978-7-5215-1197-0

Ⅰ.①红… Ⅱ.①林… Ⅲ.①长篇小说－中国－当代
Ⅳ.①I247.5

中国国家版本馆CIP数据核字（2024）第111134号

红 影　林 凡 著

出 版 人	姜钦云
出版统筹	张京涛
产品经理	朱金叶
责任编辑	李 珊
责任校对	易晓燕
责任印制	吴永星
美术编辑	侯童童
出版发行	知识出版社
地　　址	北京市西城区阜成门北大街17号
邮　　编	100037
网　　址	http://www.ecph.com.cn
电　　话	010-88390659
印　　刷	山西新华印业有限公司
开　　本	660毫米×930毫米　1/16
字　　数	163千字
印　　张	13.5
版　　次	2024年5月第1版
印　　次	2024年5月第1次印刷
书　　号	ISBN 978-7-5215-1197-0
定　　价	40.00元

版权所有　翻印必究

目录 Contents

001 / 第一章　懵懂小鼠 初涉江湖

009 / 第二章　不应该这样

017 / 第三章　我想交个朋友

025 / 第四章　被拒绝的好意

037 / 第五章　陷阱之中

043 / 第六章　无牙无爪

051 / 第七章　初探灰色建筑

059 / 第八章　救命

065 / 第九章　红影

075 / 第十章　她不是红影

083 / 第十一章　不想伤害任何人

091 / 第十二章　朋友还是敌人

099 / 第十三章　他不一样

107 / 第十四章　不是兄弟

117 / 第十五章　那是我的母亲

129 / 第十六章　又见"红影"

139 / 第十七章　怎会沦落到此地步

147 / 第十八章　冬日重逢

155 / 第十九章　决裂

167 / 第二十章　夜雨

175 / 第二十一章　冰天雪地

181 / 第二十二章　重返旧地

189 / 第二十三章　我不想死

199 / 第二十四章　美好的归宿

205 / 第二十五章　灰烬与小鼠

第一章 懵懂小鼠 初涉江湖

落叶在他脚下嘎吱作响,远处汽车的咆哮声震耳欲聋,清晨的露珠把他的毛浸得湿漉漉的。他新奇地左顾右盼,在一片片转黄的树叶下方,沿着斑斑点点的砖墙根,独自轻快地走着。

　　"看上去,这片树林很久没有家鼠经过了……"他喃喃着,抬头嗅嗅空气,只有发霉的烂叶和阴暗的石块带来的凄冷。

　　一切迹象表明这里没有人类往返经过,说明这是安全地带。这样我就可以顺利地赶往新的觅食点了。他暗喜着抖抖皮毛,扒扒草丛,钻进一片竹林。

　　竹林沙沙作响,晨风带来清凉的甜味。

　　"好一片郁郁葱葱的竹林啊,就像我的名字'青竹'一样。"他惬意地用爪子梳梳灰色的皮毛,钻过面前的一大片灌木,寻找其他灰色的身影。

　　听说这一大片地区都是属于那个庞大鼠群的。没有人知道他们有多少成员,有多么强大。只知道他们长久以来占有这一带的所有觅食点——街角一个挨着一个的厨余垃圾桶。

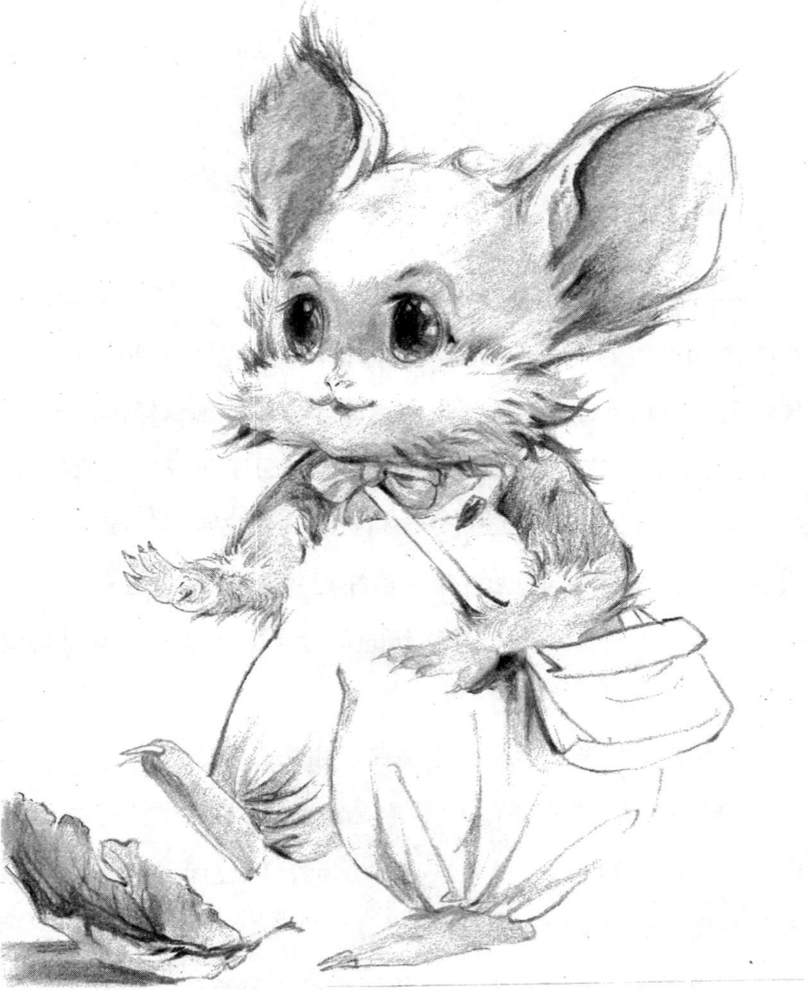

"每年秋天不知有多少像我一样的年轻家鼠加入这里，生活在这里。听说不少和我一般大的小年轻，来了就没再回过旧窝。这一定是个温暖友爱的鼠群，一定是个幸福美好的地方。"

他绕开路中央一个同他一般大的破烂玻璃瓶，又躲开一个正汩汩冒水的软管，抠住一个不规则的长条砖块，吃力地翻上草地。"我真是厉害啊，一天翻了十几次砖，居然没把爪子拔掉，真让人吃惊。"他自夸般嘟哝着，蹬腿一跃，伸爪抓住一根低垂的小树枝，翻身卧在树顶。

头顶是灰蒙蒙的天空，像是被一群奔跑中的家鼠遮盖了。

肚子忍不住咆哮起来，青竹咂咂嘴，探身嗅嗅空气，想闻出食物在哪里。

"整个晚上忙着赶路，什么都没吃，要是有个垃圾桶……没准里面有根香肠呢。"一想到美味的香肠，唾液洪水般地在口中翻滚起来了。他连忙返回地面，翻过一排堆砌的砖，发现附近那个青绿色的垃圾桶。

别看桶外泛着冷清，实际上桶里是另一番景象。桶里什么都有：放了一夜的剩鱼肉、几片枯黄的烂菜叶、一包吃了一半的黄瓜味薯片……几个灰色老练的身影匆匆叼起几片薯片，消失在桶边；一群幼鼠围着那堆鱼肉，挑出新鲜些的来，皱皱眉头，塞进嘴里。青竹扫视一遍桶里，瞅上了那块正被几只身强力壮的家鼠争抢的酱骨架，跃入桶中，也想分一杯羹。

他向身边跑过的一位老者点头致敬，又帮一只幼鼠捡回掉落的碎肉："用餐愉快！"可是对方无动于衷，就像没有听到他的问候，叼起食物，抛来一个疑惑的眼神，又紧张地看看四周，匆忙混进鼠群中。

青竹用锐利的牙齿叼住一块酱肉，用力一蹬脚下的饮料瓶，从酱骨架上撕下一大块多汁的嫩肉。可以饱餐一顿啦！谁料一个身影迅速扑倒了他，张口欲抢他嘴里的肉。青竹看看对方，年轻力壮，充满朝气，顶多一个半月大，和他年龄差不了太多。

"嘿！小东西。我警告你快把肉放下。一看就是刚来的家鼠，不懂规矩！"对方说。

规矩？什么规矩？算了，初来乍到，鼠生地不熟的，先把肉给他吧。

青竹撕下一大块肉来，递给对方，然后叼着剩下的一小块嫩肉，跃出垃圾桶。

路上行走的人类渐渐多了，有些拎着各色布袋，快步走着，像是着急去觅食；更多的是幼小的人类，他们"前爪"低垂，背上驮着各种颜色各种图案的"超大肉块"，悠悠前行着，三三两两谈论着什么。那"超大肉块"压得他们直不起腰。

"如果我也能有那么大块的肉吃就好了……"他避开四周的人，连忙往前几大步，想着赶紧躺回树顶，好好睡个早觉，晚上再出来找点面包什么的填填肚子。也希望早一点儿认识些新邻居，畅聊一番。

突然一只爪子抠住了他的皮毛,迅速将他按倒。青竹挣扎着,不得不吐出叼着的肉,用四爪抵挡疯狂的进攻。对方出击有力,躲闪迅速,是一位天生的斗士,哪里是他几下子就能防住的。青竹不但脊背上火烧火燎,后腿还被扯掉了几团灰毛,灰毛在空气中飘动着。他奋力翻过身,正面对上那只灰中夹褐毛色的家鼠。

"对不起,对不起,我是来这里觅食的,不是来打架的。初来乍到,有什么不小心影响到您的地方,请谅解一下,好吗?请问您是……"他抢着说。

"交贡!"那只家鼠打断他,"觅食嘛——在我们领地的觅食点觅食,须要缴纳一半的食物!这叫作'交贡'。一看你就是个新来的一月龄小屁孩,什么都不懂。"那只家鼠伸爪要拿。

青竹看看自己辛苦得来的肉,勉强够自己吃,再分出去一半,自己又要饿着了。可是,鼠在屋檐下,不得不低头。饿就饿一点儿吧,傍晚多找些肉补上。他压了压"咕咕"直叫的肚子,把肉分成两块,慢慢向前推一推其中一块。那只家鼠拾起肉扭头和同伴一起走向垃圾桶底部,消失了。

他松了口气,带上剩下的肉,蹿上来时的树顶。空气中唯一的一点儿家鼠气味也消散在匆匆行走的人类中。他打量四周,一排矮树,一排灌木,紧贴高高的围墙,将墙头包在树冠中央。他咬下几片泛黄的老叶,散到墙头,简单地拢成一个窝。层层叶片外,一阵人声鼎沸,所有的东西都随即振动起来,振得他头晕眼花。青竹甩甩头，驱走一波波声浪。是时候吃点儿了。他大口吞咽食物，几口就把那块小小的肉吞进了肚里。

"这么一点儿都不够吃的，刚才应该争取多留一点儿……"他打个哈欠，看看路边行人开始变少，打起小盹，等待明天，明天的新生活。

这是第一天。

第二章
不应该这样

尖刺扎进他的皮毛，放肆地搅着他浑身的鲜血。他痛得缩起耳朵，滚向一边，试图逃出这一团又一团与他纠缠不清的荆棘。但越是挣扎，那刺就扎得越深，死死抠住他的骨头。落叶风似的从身边飘过，有些挂在刺尖上，被撕成碎片，一下全覆在他头上……

他抖抖脑袋，从窝里探出头。天已经黑透了，周围到处是很近很近的"星星"，刺眼的星光直往他身上扎，就像梦中的尖刺与他纠缠不清。他小心翼翼地伸出一只前爪，搭在墨绿的嫩枝上，眯眼躲开打在身上的亮光，跌进树下的阴影中。

他抖抖胡须，看见几十个灰色的身影在远处快速地向垃圾桶移动。隐约传来呐喊声："快跑啊，抢啊！"他的肚子不耐烦地咕噜起来，像是在提醒他："青竹，早上几乎什么也没吃，你还不快去……"

这么多家鼠，早上都没吃饱吗？垃圾桶里有那么多食物，都会吃饱的。他顾不上先前受伤的后腿，迈动前肢，一路狂奔。

夜风吹在身上，替他梳洗乱七八糟的皮毛，清理干净灰毛间的碎叶，除去一小块带钝刺的小树枝。他一时间又回想起梦中恼人的尖刺，似乎戳着他不放，非要他被惊醒不可。那闪着寒光的，带着倒钩的，有一张凶狠的脸的荆棘刺直冲他来，皮毛被撕裂的感觉如此真实，让他一哆嗦。

一个柔软的东西顶上了他的脑门，青竹眨眨眼，垃圾桶就在左边了，一阵烤肉的气味从中传来，香气轻拂他的耳毛，口水充满了他整张嘴。不知这肉味如何，是否像早上的酱骨架一样鲜美？

"不对，刚才我撞上了什么来着？"

他一扭头，看见一只浅灰色的年轻家鼠，体形虽算不上硕大，肌肉却强壮而有力量；有一张愤恨的脸，挥动着一只坚实的前脚，利爪像镀了一层银。最令他印象深刻的，是对方那灰褐色的脚掌，让人不寒而栗。

"不妙，撞上了一个坏脾气的家伙！这下该怎么办？"他暗暗嘀咕，动动脚掌。

"你瞎吗？小不点儿的垃圾袋！敢往我身上撞，你不知道我是谁啊！"年轻家鼠呸了一口，轻蔑地挥挥尾巴，抽在他腰上。

生疼。他垂下头，让恼火的年轻家鼠先走。

"真是的，自从来到这里就没做对什么。"他甩甩脑袋，试图忘记刚才的不愉快,把注意力放在咕咕叫的肚子上。该好好吃一块肉啦。

他扒开垃圾桶边的食物碎屑,抠住桶边,绕过两只在桶沿扭打的家鼠。

就没谁来管一管他们吗?万一出事了怎么办!他看向桶下,在洞口站立着负责收贡的家鼠们,他们拦住一个个跳下的同伴,伸爪龇牙地抓过一半食物,消失在洞口。又出现时,口里已空空的。

桶沿的两只家鼠战得越发凶了。他们号叫着,拼了命地要把对方压在身下。灰毛翻飞,皮屑狂舞,钢似的尖爪相互碰撞,在皮毛上留下一道骇人的红线。四周是匆匆忙忙跃上跃下的同伴,他们仿佛什么也没看到,径自走向桶里的各种食物。

他犹豫不决地看向打斗者,又看向烤肉。

或许我应该去帮帮他们调解,不然打下去非出事不可。

他挪动脚步,刚想说点什么,就被后面突如其来的一掌撞下了"悬崖"。啊——"悬崖"下正是烤肉!他想起自己来的目的,连忙拾起距离自己最近的一大块肉,再拔腿跃上桶沿。

但那两只家鼠已经不在那儿了,只留下一道血迹,长长的,顺着垃圾桶外壁通向地面。青竹叼着肉块,探出头往下看——

两只家鼠侧躺在灰冷的地面上,深色的血在地上涂抹出一片红色阴影,在灰暗的星空照映下极其刺眼。其中一只家鼠耳朵低垂，皮毛耸立，伸出的尖爪搭在对方侧腹，尾巴抽在不远处的地面上；另外一只家鼠缩着四肢，收起尾巴，仰面望着家鼠皮毛似的天空，无神的眼睛仿佛化作了水泥地面。

他顿时觉得血液凝结成了硬块，皮毛像打了霜一样沉，肉块在嘴中摇晃起来，仿佛在低声悼念。他没想到在这么短的时间里，两只家鼠死在了争斗中。

他抖抖身子，甩甩僵硬的四肢，一蹬后腿跃下桶来，奔到这两个不相识的同伴身边。一霎间，他忘记了自己是在觅食，放下烤肉，拖动一具尸体，吃力地迈向树林。

"你在干什么？"气息吹动了他耳边的毛。一只负责收贡的家鼠正在他旁边，拖动另一具尸体。

"埋葬他。"他放下同伴的尸体，在地上挖出一个浅坑。尽管爪子酸痛，他仍是打理好一个小小的墓穴。

"任何家鼠都要体面地离开这个世界，他需要一个干爽的坟。"青竹头也不抬地说。

那只家鼠用奇怪又嘲弄的眼神望了他一眼，把另一具尸体扔在路边。"猫会喜欢的。没准儿今晚这就是他们的食物了。"

食物？他看看打理好的坟墓，又看看裸露在外的尸体，不解地眨眨眼。"鼠群从来都是这样把死者扔在野地里的吗？"他问。

"难不成让我费劲把他们埋葬？别扯了！"那只家鼠指指青竹打理好的坟墓，"这和我有什么关系，他是谁我都不知道。

既然不认识，也就不用管他了——但堆在垃圾桶边会臭的，我可不想睡在这臭皮毛旁边。"

"不应该这样。我们在同一个鼠群，就应该亲同一家啊。"青竹很是不解。

那只家鼠悠闲地踱着步回到垃圾桶边，截住一只跃出桶的家鼠，从她嘴中取下一半肉，钻入地面上的洞口。

但我们是同胞，是同一鼠群啊。他目送那只家鼠离开，低头看向他打理好的坟墓，看着他沿途拖出的一片红迹。

第三章
我想交个朋友

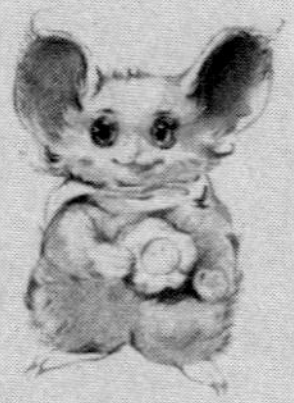

他咬着一条早上刚刚步入垃圾桶就拿到的半截油条，兴冲冲地在树叶间打一个滚。

这油条可来之不易——是他一大清早候在垃圾桶沿，亲眼看着美味被直打饱嗝的人类扔进来的。浪费可耻！

他第一个蹿入桶中，果真得到了美味又新鲜的早餐——一整根油条。"之前的食物都是放了几个小时的，今天的才是真正刚出炉的美餐。"他出桶时对着收贡的家鼠友好地笑了笑，刚想说点什么。对方还是面无表情地接过半截油条就走开了。

"这个样子，我怎么和他们交流呢？没有家鼠肯与我好好说话，我想说话也没有家鼠听。总觉得这里怪怪的。"

肚子发出的咆哮声打断了他的胡思乱想。他忽然回想起自己自从来到这里，只吃了一小块肉而已，昨天的晚餐也被可怕的意外冲得一干二净，进了别人的肚子。他连忙吞下一点儿油条，透过叶片间隙向外眺望。

路边匆匆行走的人类纷纷走进了他窝边的灰色建筑里，弄出各样的巨响，向家鼠们证明他们的存在。青竹打趣地抖抖密密斜织的浅灰色皮毛，又看看那一座座高大的建筑："这些建筑就是为我们家鼠定制的嘛！真想看看里面有什么好东西。"

他心满意足地吃完油条早餐，梳梳纠结的皮毛，又洗洗肚子上沾上的碎屑，一甩耳朵，跳出窝，爬到树的另一边，面对灰色建筑。吃饱了，终于能好好探索这片土地了。

他用爪子钩住树干，立起耳朵，缓缓转动沾着鲜油的鼻尖。周围隐隐有几丝淡淡的同胞的气息，像是黎明时刚留下的。一时间，就像饥饿的家鼠看见了梦寐以求的腊肉，他的眼中不自觉地闪出了兴奋的光。他每次见到其他家鼠，总是在垃圾桶那——吃饭的时候，交流少，交往也少啊。"现在好不容易有机会认识他们，太难得了。"他默默提醒自己。

玩去喽！他滚下树去，一路刷掉不少刚长的厚毛。过冬就靠这些毛防风御寒了，可不能掉。他抖抖身子，仔细打量这片又硬又怪的土地。它比树顶的树叶窝硬得多，却比去垃圾桶的水泥路有弹性，走在上面，有一种踩在树枝上的熟悉感觉，透过脚掌传入他身体的每个部位，刺激他在地上跳跃。绿底红花，与树枝触感竟十分相似。

他兴奋地在地上一阵蹦啊跳啊，蓦地意识到有点儿冒傻气，自嘲地笑了，自觉地收拢脚掌。他再次望向灰色建筑，反复地在空气中嗅了好几下，确保没有人类走出楼来，这才松了口气。

各种植物的味道顺一条岔道飘来，似乎要将他浸泡在一层又一层浓稠的绿色之中。他向岔道扭过头去，正是大片的凤尾蕨和成片的灌木丛，这里的环境多么符合他的想象！

"嗯，好地方，真是好地方。一定有不少家鼠住在那成片的碧绿之中，没准我也可以搬去久住，多认识几只家鼠，多交几个朋友。"他看着那一片翡翠，仿佛看到，有不少灰色的身影在跳跃，在谈论昨天的晚餐，在探索深埋着秘密的地下，一会儿笑得前仰后合，一会儿乐得东倒西歪。突然一阵嬉笑，忽地一下拍掌，在草木丰茂的园子里捉起迷藏。他看见自己混在其中，东啃一点儿饼干，西分一点儿野果，同左邻右舍一起爬上那棵耸立得高高的树，乘着和谐的月光，互道心声。

"今天看看情况如何，明天就搬来。得带上一些好吃的，争取留个好印象……"他越思索越是满意，推动脚掌，踏上柔软舒适的草地，深深地吸入泥土的奇特气息。其中混杂着家鼠浓郁的新鲜气味。一定生活着不止一只家鼠！他兴奋地竖起皮毛，迫不及待地追着气味的踪迹，循向源头。

湿湿的草，冰冰的苗，竟丝毫不受秋的影响，还是绿得那样深沉。青竹兴奋地抽抽胡须，一个大跨步，竟狼狈地一头栽进地上的暗洞。

洞中一片漆黑，只看见在洞顶有个微小的孔透进缕缕淡光。家鼠的气味越发浓，熏得他晕头转向，完全找不着北了。"这一定就是那群家鼠的窝了，但他们现在在哪儿呢……"

一个重物猛将他按在身下，他的胸部被压得生疼。扭过头，果真是洞穴的主人叼着早茶回来了。顿时洞穴里灰毛翻飞，他的腰上一阵刺痛，痛得他心慌，倒地一滚，躲开又一轮厮打，这才保住一条命。

　　"这家伙可不一般，一定是鼠群的元老，没准儿已经和数千只家鼠干过架了……"感受到对方的敌意，他越想越怕，拔脚想逃，又被那对尖锐的利爪揪了回来。

　　"你在这儿干什么？"那家鼠面容严峻得吓人，"老远就看见你急匆匆过来，像是我洞里有什么龙胆凤髓……老实交代！你是怎么发现我这个秘密洞穴的？"

　　他向四周一望，洞壁光秃秃的，洞里一粒米都没有，只有半个苹果摆在中央，发出一股水果特有的甜香味。不自觉地，他口水都流出来了。

　　"苹果是别人的，是别人的。"他默念道，收回爪子，望向洞口，试图转移对方注意力。

　　"对不起啊，我是误打误撞掉进来的，没有敌意，您消消气。对了，外面有几只麻雀，咱出去看看吧。我见过很多种麻雀，有棕色的，有黑色条纹的，甚至有一只……"

　　"你……疯子，一定是疯子！"那家鼠面色缓和了些，"滚出去，不许告诉任何人我的洞穴。疯子，第一次见到这样的疯子，疯得不轻……快点滚！"

　　青竹连忙蹿出洞穴，一头扎进长草丛，一口气跑出去很远。"疯子？我怎么可能是疯子？"他嘀咕着舔舔被抓红的腰。

雨滴拍打在他的胡须上，溅湿一片土地。"前一秒晴空万里，后一秒就乌云压顶，这天气可真够奇葩的。"果真，他刚梳齐皮毛，雨就让他淋了个澡。

"还是回去吧，树顶的窝有成片的绿叶挡风避雨，窝外不远处有载了一桶伙食的垃圾桶。在那儿住着也很不错。"

他跃出长草丛，抖抖湿漉漉的尾巴，嗅嗅空气中的气味。可是雨水冲刷掉了一切。他站在一片陌生的草地上，一个熟悉的事物都没有，只是那巨大的灰色建筑乌云似的罩在右上方，冷冷地瞪着他。

他的心顿时凉了半截——迷路了！

第四章
被拒绝的好意

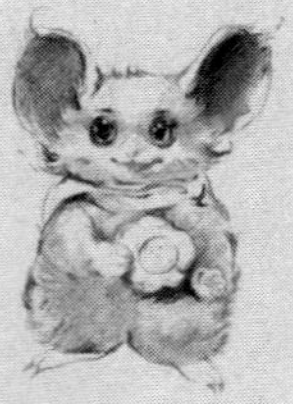

雨落在周围的草叶上，叮叮当当地响。巨大的灰色建筑上挂满了雨水，极速向下流动，如同一队灰色家鼠整齐划一，跃下墙壁，向他扑来。他躲开飞溅的水花，匆匆钻进不远处的一片阴影——那是一个长着四脚的灰色小棚，他一抬头就能撞到棚顶，一低头就啃一嘴泥。

"我的窝到底在哪儿呢？"

他嘀咕着缩起身子，在棚下蜷成一团。雨中的土泥粘住了他的皮毛，沾脏了他的耳尖。"如果现在还有谁能看出我曾是一只灰色家鼠，那一定是神了。"他抱怨着抖抖纠缠的腹毛，甩开满身的烂泥。

伴随着一声又一声巨响，天空被白线撕开，痛苦地呻吟着，号叫着，一下又一下。晶莹的雨滴溅在地上，闪闪发亮。他一时间脑中一片空白，只有雨水和泥浆，还有越来越湿的变了色的皮毛，压得他喘不过气来。我的窝在那儿？心中的问号越来越大，越来越强……

忽然发现，雨点不再打向地面，泥浆不再四处飞溅。他小心翼翼地从棚中探出头，望望天空——那不再是那个四分五裂、嘶声尖叫的天空了。空中又是一层薄薄的细云，透出熟悉的蓝色。

"万岁！雨可算是停了。"他跳出小棚，嗅嗅空气。他嗅出了秋天正午的气息，嗅出了家鼠来来往往的气息，还嗅出了——

正是窝边不远处那个垃圾桶的气味！

他翻身蹿过挡在面前的一截断砖，爬上右边的围墙，跃上围墙边挺立的矮树。他顺着紧密相连的树枝奔向垃圾桶所在的方向。

"嗯……有些炒蘑菇……有些煎鸡蛋……"他又仔细动动鼻子，探寻那些埋在深处的气味。一个熟悉无比的气味被挖掘出来……

炸鸡块！

他顾不上因受伤疼痛的腰，向前一扑，撞开一树麻雀，前爪像是上了电的马达，飞快地运转起来。怪不得这么多家鼠愿意加入这个鼠群，这么多日夜供应的美食求之不得啊！他在香气四溢的垃圾桶边停下脚步，望望桶沿几只享用美食的家鼠，却不见一只抓着鸡块。"明明闻到了鸡块的味道，却未见一只家鼠叼着它们，难道是我弄错了？"

青竹向垃圾桶外僵着脸的同伴问一声好，匆匆顺壁登上桶沿。打斗声刺激着他的大脑，桶中是一片翻滚的灰色海洋。一群年轻家鼠，踩着同伴的身体，一下又一下地在他人的侧腹划开又细又长的血口。他向下望去，寻找食物。果真有炸得焦黄的鸡块，只是被打打杀杀的细长身影掩盖着。老老少少的家鼠混战在一起，鸡块早被踩踏撕裂扯碎。

一片杂乱和喧闹中，他蓦地留意到左前方，有一只颜色较淡的幼小家鼠。她似乎与青竹一般年纪，只是个头稍小些。毛稀稀的、淡淡的，宛如地面上浮动的浅色尘土。在原应长着细长尾巴的地方，却只有一团灰毛。尽管尾巴极短，她仍灵活迅捷地在鼠群间来回穿梭，跳跃，奔跑。一个扭腰，飞旋一脚，低头伸爪，两块腊肉便进了她的口中。

好厉害！青竹简直看呆了。

正当他看得入迷，突然有两只家鼠蹿出来，把那只幼小家鼠一下按倒。

怎么能欺负幼小呢？青竹四爪烫得像火，烧得他不停地拍打着。他一蹬桶沿，腾空跃起，扑向压在那幼鼠身上的两个强盗。他迅速揪开一只，又拽下另一只，推推躺在下面望着他发愣的同伴，示意她离开。小家伙似乎对他的所作所为很是吃惊。她甩甩头，一抖皮毛，跳上桶沿，消失在桶沿后。

他连忙跟出去："嘿！你要去哪儿？"

她回过头："回家。怎么了？"

"你父母呢？他们为什么让你自己在外觅食？"

第四章　被拒绝的好意　029

她的脸色一下变了，有所迟疑，翻了个白眼："你的父母为你觅食？难不成他们还为你建一个温暖的洞穴？整天忙着往窝里添树叶皮毛？别开玩笑了，再说我也没有父母。我很小就被扔出来了。"

没有父母？怎么会呢？大家都有父母。青竹看着这位独特的同伴，看着她短小的尾巴。"父母，被扔出来，没有尾巴……难道她不是什么家鼠，而是仓鼠吧？"他想起了母亲曾经给他讲过的仓鼠的故事……

"幼稚晚熟的家伙，我劝你还是变一变生活方式。这么天真，活不过冬天的。如果你想活着，就必须强大。你身边的不是朋友，不是同胞，是敌人和对手。不杀死他们，死的就是你自己……"

"我们在同一个鼠群，亲同一家……"

"这种话专骗你这种傻子，什么和谐共处，亲同一家……你一定是刚来不久，你不明白的。"她苦笑着后退，"再过三个月，冬天来临时，你和我就一样了。"

说罢，她转身消失在灌木丛中。

他看着已经远去、身形瘦小的同胞，心里的同情油然而生。"多么可怜的家伙，她一定是因为什么事悲伤过了头，在胡言乱语吧。这个世界是那样美好，不只有打打杀杀。"

他连忙翻过桶沿，再次俯视着一群又一群纠缠不休的家鼠。一只老家鼠爪中捧着一团发臭的干酪，无论色味还是营养，都比鸡块差得远了。只见他皱着眉，撇撇嘴，已经布满沧桑的脸上透出一丝空洞和无奈的神情。而不远处一群强盗鼠正分食着鸡块，啃得不亦乐乎。他看着可怜兮兮的老家鼠，对方立刻缩成一团，把食物护在身下。

"为什么所有家鼠都喜爱以这种姿势对待别人？这动作让我感觉我是个小偷。"他向老家鼠友好地点点头，目光一扫四周："您好，需要我为您找些食物吗？您看起来还没用餐。"

老家鼠茫然的目光落在青竹身上，写满了疑惑，似乎对青竹的行为很是不解，眯起了眼："你为什么要帮我？你想要怎样？"

"没关系。您是前辈，我们属于同一个鼠群，亲同一家，帮助您是应该的。"他强忍住喷涌而出的扫兴——难道接受帮助还需要思索和怀疑吗？

"不需要，想套路我，你还嫩了点儿。"老家鼠仍是僵着脸，说不清带有怎样的情感。"或者……你是新来的吧，还这么天真？这里没有帮助别人的家鼠，只有帮助自己的……你现在不懂，再过三个月，冬天来临时，你和我就一样了。"

"可是……"

"没有可是。先管你自己去吧。"老家鼠边走边咕哝，"愚蠢的疯子！好久不见这样的疯子了，早晚被别人活活打死。"

他沮丧地目送老家鼠离开，胡乱抓了几根青菜，放一根在嘴里吮吸，跳上桶沿，跃出食物与血液气味交织的垃圾桶，缴纳贡物时都忘了向站岗的家鼠问声好。青菜又苦又涩，稠稠的汁水流进他的心里，更觉得心烦意乱。灰色的黯淡的水泥地面仿佛要将他吸入，使劲拖曳他的四腿，猛地拉扯他的皮毛。"两次帮助别人都被拒绝，今天真不是个好日子。"他喃喃地说，奋力一蹬后脚，摆脱那烦人的拉扯。

风带来了雨的气息，天上的乌云更加黑了，浓重的阴影从四面八方扑来，竟有一种要把他按倒，要把他吞掉的意味。青竹蜷缩进窝里，把头顶的树叶往中间拢了拢。

一阵又一阵寒风吹进窝，他身边的树叶开始旋转。一时间，天阴沉沉的，水黏稠稠的，他仿佛被红色的海洋包围了，找不到出路。海水卷着血色的秋叶，蹿向他的灰色皮毛，留下一道道深深的伤痕，凝成一个个腥腥的血块。好暗，好黑，看不见一丝光亮。他强忍皮毛间的刺痛，拨开海水，躲闪开叶片，隐隐约约地望见远处有一片红棕色的陆地，几乎被海水覆盖，只剩一个干燥的尖端在闪着太阳一般的光。他迈动脚掌，挣扎着想要前进，想要触摸那束光。但哪里会那样容易——他刚游了几步，海水劈天盖地压过来，树叶却变成了沾满脓血的家鼠，红亮亮的恶臭牙齿刺入了他的肩膀。他扯下身上的一只家鼠，艰难地探出头，望着远处的陆地，拼力向前一蹿。

但一只家鼠揪住了他的后颈，海水吞没了他……

青竹蓦地睁开眼睛，身边的树叶已经散开，飞得到处都是。皮毛间并没有伤痛，耳朵旁也不流脓血，更别说成群的家鼠了，连一滴水都没有。

"只有肚子一直在叫唤了。"他嘟哝一声，顺着树干滑到水泥地面上。抬头望去，西山顶上坐着一缕弱弱的阳光，宣示着黑夜的到来。正午的那根青菜也随着时间的流逝而消化干净了。他嗅嗅空气，把鼻头从左转到右。不远处的垃圾桶里躁动不安，隐约有大大小小的灰色毛团在跳动，跳出来的家鼠也只是叼了些煎蛋一类的东西，并不带什么其他荤菜。

"与其去拾些鸡蛋，倒不如去别处看看，没准其他地方有什么美食，免得再看到那些打斗的场面，听那些伤人的恶语。"他抽抽尾巴，转身扎进草丛。刚走了几步，便发现不远处有一个黑色大盒子，里面隐隐传来面包的奶香，仿佛那面包刚刚出炉，热气腾腾。青竹飞奔而去。

"运气不错。"他看到一块大大的面包，咽下口水。

青竹迅速用牙咬住面包的一边，用爪子拽着另一边，猛一扑腾，把面包撕成两块。奶香扑鼻而来，直往他鼻子深处钻。他吞下一点儿，细细品味。要是有谁能和我一同分享这喜悦就好了。

一阵模糊不清的声响，让他扭头望去。不远处的草丛间有一只家鼠在跑，只是皮毛如同将沉的夕阳，在夜里闪着微光。是光！那样温暖，那样亲切。正当青竹呆呆地望着她时，她也扭过头来，大大的眼睛，反射出路灯的光亮，如同黑夜的明星，闪亮又一瞬即逝。

他招招尾巴，叼起剩下的面包，四处寻找收贡的同胞。但周围一个灰色的身影都没有。"怎么会没有家鼠看守呢？不会是迟到了吧？"

他眼前浮现出一只年轻家鼠，带着一身木屑匆匆赶来，满面焦急，眼睛耷拉着，疲惫不堪。他将半个面包递过去，而对方向他满意地点点头，倚着大黑盒子同他聊起天来。他们一见如故，畅谈三天三夜。青竹指向自己的家，领他去参观。他们每晚都出来相聚，爬上远处花园里的那棵高树，在和谐的月光下互道心声。

他眨眨眼，回到现实，收贡的家鼠一直没有出现。"要不要留下半个再走呢？说不定对方也会骂我是个疯子，何必惹那些不愉快呢。"他甩甩尾巴，准备离开却一头撞上了一个硬如石块的黑木板——

大黑盒子出口不见了！

他慌张地放下面包，推推木板，想要顶开木板，回到温暖的窝里去。可木板紧紧地钉在地上，任他怎么捶打都不肯挪开。忽然，两个字在他的眼前闪动着，跳跃着，嘲讽地向他眨着眼，像挂在天上冷冷的星星——

陷阱！这是一个陷阱！这大黑盒子是一个陷阱！

绝望在他心中涌动着，吮吸着他身上的热量。他的皮毛上沾满木屑，鼻尖传来接连不断的凉意刺痛了他。"怪不得这里没有守卫呢，怪不得没有家鼠来争食呢，怪不得……他懊恼地跺了几脚，"我一定是鼠群中最愚蠢的那一只了。"

最愚蠢的疯子。他们说得一点儿没错。

第五章
陷阱之中

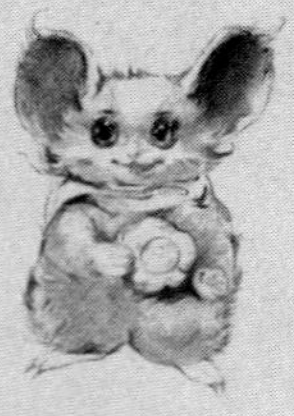

暖暖的阳光透过木板上一个换气小洞照耀在他的身上，能量仿佛注入他的身体。青竹睁开眼睛，吃力地翻了个身，抖抖皮毛里的木屑。

一觉醒来，他仍然被困于这个大黑盒子里，那块木板依旧钉在地上纹丝不动。

他扭头拽过剩下的面包，撕下一块垫垫肚子。透过缝隙，他看到太阳直射着大地，外面热闹极了。一群人类手中握着大把大把的美味，优哉游哉地从他所在的黑盒子旁走过，大声叫嚷着，食物掉了一地。他们还满不在乎地挠挠头，径直走开了。说时迟那时快，青竹伸出前爪，从木板上的换气小洞间穿过脚掌，钩住一个黄色的东西。收回来嗅嗅，是块水果糖，正合他意。他狼吞虎咽地嚼着糖，几口就下了肚。

"我总不能一直靠捡别人掉下的零食为生吧。"他用力抓挠墙壁，爪尖沾上几片木屑，却无济于事。他抖抖脚掌，顶了顶面前的黑木板，木板钉得结结实实。或许有些地方的木头受潮，会比这里松软，那样我就可以凿出一个洞。他一边思索着，一边用后腿蹬蹬身后，感受木板的硬度。

尽管昨天上午刚下了一场大雨，但黑盒子正巧放在草丛下，几乎没有被水泡到，再加上日出后一阵晒，木板摸上去到处都干干的，硬硬的。"这么完美的避雨处，如果不是一个陷阱，早就成了其他家鼠的仓库或巢穴了。我果真是个笨蛋！"他不耐烦地抽抽尾巴，一屁股坐下。

时间飞快，他被困在这里快要一天了。他把头伸进盒子中的凤尾蕨中，呼吸了几口草被的清香。

凤尾蕨？

青竹抬起头，扭扭耳朵，一个大大的疑问闪现出来——昨天他吃面包时，黑盒子里并没有生长着植被啊。那这些叶片是从哪里来的呢？

他重新站起来，在盒子里一圈圈地转。木板光滑整洁，一个小洞都挑不出来。"真是活见鬼了，这些东西到底是……"

脚掌侧面的刺痛打断了他的自言自语。他深吸一口气，低头查看伤势。右后方的脚掌侧面扎进了几块尖锐的木刺。他舔舔脚侧，用牙拔出木刺，这木刺又是哪里来的呢？不可能是换气小洞，那里的边缘光滑整齐，不会有木刺。一定是昨夜凤尾蕨的进入处！青竹扭过头，趴在地上仔细寻找。果真被他发现了：就在一个角落里，木板缺了一截，几粒沙土散落在周围，尖锐的木刺混杂在凤尾蕨中。

有救了！

他小心地咬断一些木刺，向外伸出爪子。柔软的草丝在他掌心拂动，他知道不远处就是凤尾蕨——正是陷阱中凤尾蕨的来源。他掏走一些泥土，尽可能将洞扩大，扩大……他知道，用不了多久，他就能伸出肩膀和头，钻出这漆黑阴沉的陷阱，回到充满明亮的自由世界去。

泥土在身后越堆越多，眼前的洞越来越大。他试探着伸出头，清新的空气涌入鼻腔，温暖又凉爽，耳边听见了一阵沙沙声，是风吹过草丛带起的耳语。他吮吸了一口附近草叶上未干的露珠，润润喉咙，又退回陷阱的黑暗中，刨出更多的泥土，洞越挖越大。他看向洞外，阳光和美丽的大自然正张开怀抱，等待拥抱他。一阵刺眼的光闪过——

青竹感觉身后有一只爪子拽住了他。猛一回头，毛发竖立——无数闪着黄光的眼睛散布在四周，拽住他的灰毛家鼠，眨了眨眼，一甩尾巴，径直向他扑来。他奋力踹向对方肚子，又一口咬住对方的后腿。对方一个扭身，将他压到身下。四周的黄色眼睛如同受了命令一般，飞扑上来撕扯他的皮毛。他仔细瞅瞅他们，大惊失色——他们口鼻沾着血珠，还未干结，龇着的齿间还留着几丝毛发，已被染成红灰相间。他扭头看向小洞，一个朦胧红影在草间闪过，像是一只家鼠。他想要呼救，但只有血从他的喉咙涌出……

　　青竹猛地跳起，抖抖嘴里的土。这时候居然睡着了。
　　他理理皮毛，抽抽耳朵，清理干净皮毛间的沙粒，兴奋地迈开步子，整个身子穿过洞口，松了口气，扭头一看，陷阱里又恢复了原先的空寂。
　　可算是逃出来了，自由的生活真是美好啊。
　　莫名地，他觉得，有一对眼睛在暗处闪闪发光。

第六章
无牙无爪

青竹愉快地抖抖胡须，心满意足地伸长身子，打个巨大的哈欠，让身体的每一个角落都充满新鲜的空气。很久不见这样美好的天气了，风舒适地从他毛间溜过，携去了苔藓碎片。

经历了前一个月连绵不断的阴雨天气，再算上三周前陷阱里死里逃生的恐怖经历，青竹更觉得这样的舒适日子十分珍贵。正午的阳光照进堆满了树叶的窝里，所有的阴霾和郁闷一下都被驱散了，剩下的只有满窝的惬意。

"该去吃饭啦。"跳下树，在灌木丛中穿梭，路上没有行人，他顺利到达早已挤得水泄不通的垃圾桶。

空气中有一大股浓浓的饭香味，其中混着几丝血腥味，如同过往的每一餐。正心满意足地嗅着，青竹差点儿被一具尸体绊倒。

几只家鼠趴在尸体旁边，撕扯着她身上仅存的一些干燥的毛发；一只则在收集她的肋骨，又拖出她的腿骨，打算当作窝的骨架；另外两只家鼠则争先恐后地拔着她的胡须，估计是要用来织屋顶。他摇了摇头,不安地竖起毛发——自从天气一天天变凉,不少家鼠开始从同伴身上寻找可供御寒的东西,把因争抢食物而死去的同伴尸体上所有能用的东西都抢掠一空。皮毛拿去做窝,骨头用来搭巢,胡须可以补屋顶,胆汁可以除掉跳蚤。有些家鼠太饿,太虚弱,或不愿去吃沉在桶底的沉年老饭,就来桶边找找死去同伴的尸体,撕几片肉垫垫肚子。最后,尸体也没有了,只剩一对眼珠,无神地望着灰蒙蒙的天空。

还好,今天的天空不再是灰蒙蒙的了。

他绕开尸体,迅速爬上桶沿,纵身跃下,不巧落在一只家鼠背上。"对不起,我没看见您,不小心……"不等他说完,爪子撕破了他的脸。对方一个翻身压在他身上,用后腿猛踢他的下巴,用尾巴缠住他的脚。青竹挣扎着,用前爪钩住袭击者脖子逃开去,一头扎进一层又一层的米饭粒中。

"傻瓜,你怎么不反击呀?胆小鬼!怕了吗?"

"你看他的动作多丑,要我那样打架,我还不如死了得了!"

"就是就是,这个垃圾桶很久没有这么蠢的家鼠了,还手都不会,迟早被碎尸万段。"

"哟哈,你这蠢货怎么还没死啊!"

一阵阵嬉笑和咒骂声,每天都有这样的声音。青竹垂下耳朵,抬起头,抖抖身上黏糊糊的饭粒。十几只家鼠,就坐在垃圾桶旁的高墙上,爪中抱着食物,低头俯视着他,带着不屑和嘲讽。

每天都是他们，一到饭点，他们就坐在那墙上，嘻嘻哈哈地看他的笑话。他们像是专门等他出现似的，准时坐在桶边。见他一到就开始七嘴八舌嚷嚷起来，对他指指点点。

"为什么这样对我？我又没做错什么。"当然，他没说出来。

食物很充足，不需争抢，打架毫无必要。今天落到老者背上是他的失误，对方掴他几掌又如何呢？他该挨打。

为什么所有家鼠都说他是疯子、蠢货、傻瓜？这群专爱欺负别人的家鼠还骂他是"找死鼠""懦弱鬼"，最难听的就数"无牙无爪"了。

青竹不明白，一直不明白。他不打架，不还手，不争抢，不粗鲁，一心礼貌相待，帮助别人，为什么反被骂成"无牙无爪"呢？为什么没有一只家鼠肯倾听他的内心？为什么没有一只家鼠肯做他的朋友？

"一定是我做得还不够好吧。"

"我会永不放弃做只好家鼠。"

想着，眼前仿佛闪过一道亮光。他打起精神，转身背对他们，眼的余光看到一边的角落里有一点儿煎蛋和肉末。美味的食物！咕咕叫的肚子催促着他，他迈开腿，从两只争抢的家鼠间钻过，挤到午饭旁，一手托起煎蛋，又一口吞掉肉末。香味在他口中蔓延，五香的口感在舌上跳跃。他迅速一个空翻，叼

048　红影

着金黄的带油的煎蛋，钩住垃圾桶边的凹凸不平的爪坑，艰难地登上桶沿。

"滚开！你们这群没眼色的……"一阵咒骂声传来。

他循着声音望去——一只家鼠正顺桶沿疾速奔来，一路推倒不少进出的同伴。青竹还没反应过来，就被狠踢了一下，他跟跄着后退，一脚踩空，半个身子滑下桶沿。

他看看那只踢他的家鼠，不由一惊。她有双凸起的乌黑眼珠，短短的一团尾巴，四条腿细如枯藤，爪上也有不少磨痕。毛没有其他家鼠的厚，浅浅地贴在身上。正是三周前，那只被左右夹击、联手欺负的小家伙。而现在，她已长成一只健壮的斗士，稀稀的皮毛下鼓着结实的肌肉，身侧有几道淡淡的伤痕，眼里透出不符合年龄的平淡和冷漠。

青竹费劲地把自己拖回桶沿。那家伙跳上高墙，坐到一只有着四只红棕色脚掌的同伴身边。她嘲弄似的抖抖前爪，啃了一大口旁边的半个玉米。她身边的同伴则稍大些，看上去更成熟些，正心不在焉地将一堆凤尾蕨磨成碎片，四只红棕色的脚掌在正午的烈阳下像暗红的火焰，燃烧在高墙一片灰暗的中央。她的脚掌像是踩在了血水里浸染过。

看着他俩，青竹感觉有些毛骨悚然。

他跃回地面，留下半个煎蛋。看守的家鼠轻蔑地看了看他，接过食物，一甩尾巴，消失在地洞里，只剩下空气中淡淡的血腥味。一定是后面又死了一只家鼠，正被一群又一群同伴分解、取走。他厌恶地抽抽鼻子，向窝的方向走去。一路走着，绕开尸体和骨架，离开垃圾桶，离开争斗的家鼠，离开那些散落在地、无神的眼珠。

但后面传来一阵嬉笑，在打斗声中间，在咒骂声中间，他听见了那个声音，清晰刺耳，一遍又一遍。

"无牙无爪，等着挨打！无牙无爪，等着挨打！"

他回过头，高墙上的家鼠们叫得更欢了。那家伙也大声地附和着，大口嚼着玉米。只有那红棕色脚掌的家鼠，不动声色地看着他。

天色暗下来，他抬头一看，乌云又笼罩在他的头顶。

第七章
初探灰色建筑

他叼着一些凤尾蕨，从树枝的一头跳到另一头。天气转凉，窝里的铺垫又不够用了。他每天用过晚餐，都会趁着没有行人经过时，迅速翻进垃圾桶旁的高墙，去那片植株茂盛的后院，采一把凤尾蕨，带回铺窝，把树顶的窝隐蔽起来。可惜，每天他都被叶片后的一粒又一粒棕色孢子硌醒。

"硌醒就硌醒吧，绝不能去用同胞的皮毛垫窝。"想到这里，他厌恶地甩甩尾巴，把凤尾蕨放进窝里。白天遭受的谩骂和质疑让他心情低落，睡意全无。趁着夜色，四处探险也不错，就当散散心。

这个时间，可以去灰色建筑里面转转。他曾观察了许久，那里面夜里从来没有人。脚掌迫不及待地在地上摩擦，他的皮毛也不禁兴奋地竖起落下。

今晚就去那儿逛逛，期待好久了！

他兴奋地抽抽耳朵，跳下树，脚不擦地，穿过灌木丛直向灰色建筑奔去。灰色地面在脚下飞过，没留下一个他的脚印，只落下几点毛中的凤尾蕨碎屑，在地上形成一条奔跑的痕迹。不久，灰色建筑里的闪光地面就到了他脚下。他低头看着地面，亮光刺得他睁不开眼，反光的地面上，他看到了自己：尖尖的面孔，覆盖着一层灰色的毛发，耳尖沾着铺垫的碎片，看上去是那么孤独。

要是有个朋友陪伴我，那该多好！

一阵脚步声打断了他的思绪。

大地随着什么庞然大物的走近而震动起来，一个光点从远处迅速靠近，左右晃荡着。

光？他眯起眼，尽可能地想看清那个飞快移动的庞大生物。它越靠越近了，青竹能看到两个大树般粗的腿，一双像他整个身子般大小的巨型脚掌，那个光点变得越发大了，像正午的太阳。

那是什么？

他仿佛陷入了一个无尽的疑问中，怔怔地站在原地。

它近了，近了，就在他面前。光点竟是一个方形的大盒，被一个同样巨大的爪子拎着，那是一个仿佛可以把天上的乌云全拽下来的爪掌。

犹如风吹过灌木，沙沙作响的声音吸引了那个生物，它侧过身，寻找声音的来源。青竹也扭头看向一旁的灌木丛，后者正因什么东西的移动而抖动着。一个红棕色的身影在灌木丛中时隐时现，青竹看到了一双黄色的眼睛。

是她，三周前他在陷阱享用面包时，不远处草丛里仿佛有奔跑的红棕色家鼠，皮毛如同将沉的夕阳，双眼在夜里闪着明朗的金光！

他这次看得更清楚。她与青竹刚来时的年纪差不多，耳朵竖得直直的，皮毛紧贴在丰满的身躯上，身后暗红的长尾巴微微抬离地面，尾尖轻轻摆动，不时触触灌木，拍下几片枯叶。眼前庞大的生物正诧异地盯着灌木。

这一次，他看清楚了。庞大生物是人，夜里巡逻的人。

恐惧铺天盖地，他顿时感觉血都结成了冰。那只红棕色的家鼠与他对视，轻轻点头，眼中闪着诚挚鼓励的光芒。她舍身吸引巡逻人的注意，只为了让他逃开。

他感觉眼角热热的，抽了抽鼻子。来到这里定居之后，终于出现了一个友善的面孔。

她的尾巴抬起来，指指一边的黑暗处。"那儿有个楼梯。"她的声音就像草叶间的风，又像露珠落到地上的声响，轻轻的，却又直击心底，难以忘怀。

他甩尾巴表示感谢，连忙奔向楼梯。逃离光亮，周围再次一片黑暗，伸爪不见四指。他回过头，眯起眼看向灌木丛。那只红棕色家鼠不知哪儿去了，而巡逻的人则看向青竹曾站立的地方，疑惑地眨巴着眼睛。

多亏有她相助。他松了口气，奋力跳上一级台阶。台阶一个紧跟着一个，每一个都很高，像是天地之间的高柱。"这世上除了被同伴排斥,再也没有比跳上一个高柱,前面还有一个高柱更糟的了。"

时间过去许久,他跳得脚都麻了,尾巴无力地搭在地上,耳朵低垂。实际只上了二十几级!他沮丧地嘶鸣一声,向上看去,路灯的光从楼梯旁的窗子外照进来,照亮了前方一个平台。

平台!终于有平台歇脚了!他又使出全身力气,跳上一级阶梯,再跳上一级。那个平台似乎近在眼前,却总也到不了。

天黑透了,只有路灯在冷冷地亮着光,像同伴们漠然的眼睛,无谓又带着些许嘲弄,他不由得打了个寒战,毛发竖立。灰色建筑里有一股他从未闻过的气味,台阶上有一簇极长的灰毛,与他的尾巴长度差不多。

"看来这里可不只有人,还有别的生物游荡。"

他嘀咕着,一连跳上几个高阶,费尽全身力气把自己拽上平台。总算可以休息片刻了。他叹了一口气,从周围胡乱抓些纸屑,铺到身下。

陌生生物的气味让他很不自在,有一种时刻受到监视的不适感。看看四周,却什么也没发现。他不安地闭上眼睛,又猛地睁开。重复几次后,他懊恼地站起身,抖抖皮毛,拂去耳后的一片纸屑。他眨眨眼,看见平台尽头有一个小洞,不知通向哪里。

去探险!他兴奋地竖起耳朵,一溜烟钻过小洞。打量着四周,他全然忽略了陌生气味的存在。眼前又是一个平台,不过没有台阶向下连接，地面不光滑，落了一层灰尘。这平台比前一个小了很多，而且裸露在自然的空气中，一抬头，就能看见满天的黑云，一低头，路灯刺得他睁不开眼。

要是有月亮就好了……

一阵声响打断了他的思绪。他警觉地抬起头，正回头，陌生的气味扑鼻而来，一双淡绿色的眼睛凝视着他。他一下想起了儿时母亲的警告……

第八章
救命

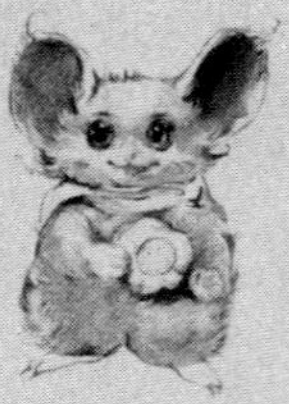

猫！

浑身的皮毛，因为恐惧一根根爹开来。他伏低耳朵，压下尾巴，小心地向后退去。那只灰白相间的，眨着绿色眼睛的天敌迅速截住了他唯一的出路。它的脖间系着一条黄色项圈，上面挂着叮当响的铃铛。

哦，是一只宠物猫。他松了口气。"戴着项圈的猫不会捕鼠，而且又胖又懒，爪子也被磨光，只有肉垫……"他耳边回响起母亲的声音。那是在他的二哥因野猫而死的第二天，母亲让他们——他和五六个兄弟姐妹，聚拢到一起，向他们传授对付猫的秘诀。是的，眼前只是一只毫无攻击性的，整天围着主人喵喵叫的孬种罢了，对他造不成什么伤害。

"如果有猫将你们逼上死路，你们就咬它的喉咙。这样，死了也有垫背的。那猫若只是宠物，向它挥挥你的尖爪，露露你的利牙，狠狠吼一嗓子，它必定吓得跪地求饶，屁滚尿流，再也不敢靠近你。"

他眼前浮现出母亲张牙舞爪示范动作的模样，心中一阵刺痛。在他足月的那天，母亲不辞而别，留下他和同胞们。当天，五个同胞决然离去，投靠不同鼠群，再也没回窝，只剩下他和娇弱的妹妹。他每天都外出寻食，可一天最多能寻获一片菜叶或两粒玉米，整日整夜地饿着肚子。在他加入鼠群的前一天，妹妹的气味消失在一条巨大的马路边，不知所踪。孤零零的他这才加入鼠群，过上"衣食无忧"的生活。

"衣食无忧。"他苦涩地笑着。我在这儿没有朋友，同伴们对我漠不关心。除了吃饭、睡觉、修理窝，就是仔细回味同伴的嘲讽。他黯然感伤。

"喵！"猫叫声打断了他的回忆。

一只戴项圈的猫而已，怕什么？他感觉四肢注入了力量，重新支撑起身体。他嘶吼一声，向猫靠近一步。

"你看见了吗？我的尖牙多么锋利，我的四肢多么强壮，我的身体多么灵活，我的内心多么勇敢。你上前一步，立刻就会被撕成碎片。不等你反应过来，你就已经去见阎王爷了。还不给我滚开，不然让你吃不了兜着走，有你好看！"青竹对自己的表现非常满意。他想：这下，它应该惊恐地大叫一声，钻过小洞逃之夭夭。青竹得意地昂起头，斜眼看向那只猫。

谁料，那猫不屑地甩甩尾巴，毛都没竖一下。

不可能！青竹目瞪口呆地看着猫的眼睛。母亲的招数不可能错，绝对不可能错，但为什么猫没有反应呢？

他再次打量起那个家伙。皮毛柔滑顺亮，尾巴蓬松细长，灰白相间的毛发下是结实的肌肉，脚掌在地上摩擦时悄无声息。

难道这是一只野猫吗？

他的灰色毛发不安地抽动着，但随即放松下来。它一定不是——它戴着项圈，而且过于丰满，身上太干净了，完全不像需要为生活担忧的野猫。

"我只是还没吓到它罢了，也许它耳朵不好使，也许我得再说些更难听的话。"他重新鼓足力气，重重跺几下脚，轻蔑地抖抖耳朵，走到离那猫还有两条尾巴远的地方，装着要扑上去的样子，大声咆哮："有本事就过来，宠物！我打得你七窍生烟，眼冒金星。你看，我的齿尖沾满猫血，我顿顿吃猫，天天吃猫，从小吃到大，还怕你不成？你再不让路，我，我就掏了你的心，挖了你的肺，我……"

黄白的猫爪一闪而过。

剧烈的疼痛从身侧传来，眼都来不及眨一下的工夫，半边身上的毛就被涌出的鲜血染红了。

"宠物猫"居然发起了进攻！

事情的发展不应该这样的。计划居然失败了。他伏低身子，压平耳朵，飞快地思索着对策。

那只猫正满意地舔着爪尖，眼里闪着些戏弄似的光，似乎是在享受："你真好玩，送上门的东西很好吃。"紧接着，那个灰白相间的身影又扑蹿上来。

"我只是一个玩具，猫玩弄的玩具。"他强忍剧痛，跃到半空迎战，迅速揪住猫耳，狠狠咬住不松口。猫对他的反应似乎很是惊讶，哀号着甩起头来，企图把他抖落下去。青竹稍松口，借势钩住猫的毛发，牙齿嵌进皮肉之中，腥臭的血流进他的嘴里。他看向地面，自己路过之处已经留下点点红斑，伤口的严重程度超乎想象。他不清楚，自己还能活多久。

疲惫极快地击倒了他，他感到猫的毛发正从爪尖滑出，四肢像垃圾桶里的面包一样松软，只能无力地搭在猫背上。他绝望地闭上眼。

突然，爪尖的毛发消失了。待他用力睁开眼——猫已经摆脱他的控制，随时能扑上来把他撕成碎片。

"我得在它发起反攻之前，扑向它的喉咙。'死了也有垫背的。'这是母亲的话。"青竹艰难地扭动身子，做好跳跃的准备。他回忆起儿时的一切，母亲带回的几粒玉米、兄弟姐妹间的打打闹闹、只有一层树叶的小窝……那些当时感觉极其普通的情景，现在想起来却是那样温馨，那样甜蜜。

身下突如其来的空虚惊动了他。本该是地面的地方，变成一团空气。他向下一看，眼前发黑。

第九章 红影

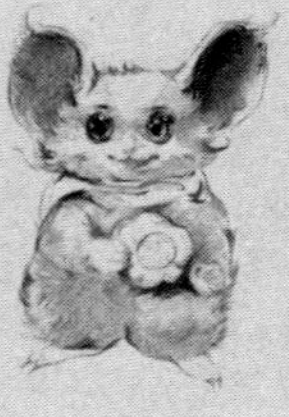

下面是空的，直接通向一层的花园！

草丛被路灯照得发着银光，躲在暗处的树在夜里黑得像天上飘着的乌云，几只麻雀从一棵树飞到另一棵树，相互打着招呼。灰色建筑亮着灯，只是照亮了眼前的一小部分空间。仍是灰蒙蒙的天空，没有一颗星星，一条长廊，看不到一丝光亮，也没有一丝希望。"难道我就这样一直坠落到地下的坟墓吗？一点儿希望都没有了吗？"

"不。"

他听见了一个声音，这不是他认识的任何同伴的声音，不是收贡家鼠的声音，不是那个幼时被他所救的小家伙的声音，不是那些骂他、嘲讽他是"无牙无爪"的同胞们的声音。它那样陌生，却又那样熟悉。糅合了所有他最爱的声音——有母亲的声音，有妹妹的声音，有他所有兄弟姐妹的声音。那么坚定执着，那么和善温暖，这声音，一定在哪儿听过。

身下一个猛烈的撞击，沙土飞扬。他眼前一片黄色弥漫。

然后，随着身侧一跳一跳的猫抓的刺痛，黄色越来越暗，被血洗红。他挣扎着想看清什么，但只看见远远的夜空上，一朵乌云翻动，露出一颗发红的明星，在漆黑的夜里闪着别样的光。时隐时现，若有若无……

他在草丛间狂奔着，身后沙沙作响。四周漆黑一片，他甚至不能分辨前方还有没有路，连脚踩在带刺的荆棘上都没发觉。沙沙声迅速向他靠近，弧形包围过来。他毛发倒立，伏下耳朵，刹住脚步。四面八方的沙沙声忽然变得震耳欲聋，声音越来越近、越来越响。一个细长的什么东西从他身边擦过，尖利地戳了他一下。随即更多细长的东西向他涌来。他身侧一阵阵刺痛，虽不是很痛，但很密集。是家鼠在袭击我吗？恐慌升上他的心头。他们为什么要这样做？我做错了什么？突然一道刺眼的强光从天降下，照亮了身旁。那细长的东西，只不过是一些树枝罢了。他长长地松了口气，躲开袭击……

猫的嘶吼惊醒了他。

他睁开眼，发现自己正卧在一片草地上，身下的泥土湿漉漉的，但身侧的伤口没那么疼了。他撑起身子，循声望去。猫跟着他跳下来了吗？当他看清在不远处朦朦胧胧的一个瘦小身影时，不由大吃一惊——

是那只在一楼舍身救他的红棕色家鼠！她那浑身红棕色的皮毛完全竖立起来，明亮的黄眼睛怒视着个头是她六七倍的天敌，她的皮毛在夜里隐隐发出光亮，就像春天的太阳。至少，他认为那是春天的太阳。

他出生在晚夏，根本没见过春天。母亲对他说过，春天是个美好的季节，不冷不热，食物不至于太容易坏，也不像冰块一样冻得硬邦邦的，满地上都是各色的花瓣。

一听就知道，那是一个美好的季节，浪漫又温馨。朋友们会聚在一起，畅所欲言，享受花香鸟语，品尝可口零食……他回忆起那皮毛稀薄的同伴说的话："再过三个月，冬天来时，你和我就一样了。"

她错了。因为冬天到了，春天和希望就在眼前。

他再次把目光转向那位红棕色同伴。猫还是那只猫，灰白相间的皮毛，绿色邪恶的眼睛，黄色带铃的项圈，只是多了几处被他在猫耳和肩膀上留下的咬伤，正渗着血。

那只红棕色家鼠不安地动了动脚掌，快步向猫靠近，那猫却向后退去，抽动着胡须，几下子便消失在一丛灌木中。

他松了口气，艰难地站立着，粗略地清理一下皮毛上的泥土。那红棕色家鼠向他走过来，把一堆叶片扔到他脚下："这些能为你止血。"他连忙道谢，把叶片按到伤口上，抖抖皮毛。

"真谢谢你。我还以为刚才会被撕成碎片了呢……欸？你从哪里来的？"

红影

她不好意思地抽抽耳朵。"这没什么。我们是同类,不能见死不救。友爱互助应是我们遵循的原则,不是吗?……"她微笑道,"我就住在这栋灰色建筑的旁边。你是从远处那片领地过来的吧……你叫什么名字?"

"是的。我叫青竹。"

"你这名字真好听。你在那里生活一段时间了吧?日子过得怎么样?"

青竹把自己的遭遇一五一十地和她讲了。他的不解,他的委屈,他的愤慨,他的无奈……不知为何,看着眼前这只红棕色家鼠,青竹感觉特别亲切。

他凝视着她,暗喜:"我终于找到知己了!"

"我听说你们那里的食物丰盛又充足,但是大家仍旧会争抢不休,结果谁都吃不好,还浪费不少东西……其实我们这边情况也一样的,每天都有被杀死的同伴。我总奉劝他们要和睦相处,可从来没有人理会我。还说我是个傻子……总有一天,他们会改变的。"她耸耸肩。

"他们也会拿死去同胞的皮毛去铺窝盖房、抵御寒冷?"

红棕色家鼠皱了皱鼻子。"没错。所以那一片的血腥味很浓。我从不去规定的地点用餐,那里让我觉得恶心。"她指指远处一片空地,"我最近发现那片空地中有一棵果树,上面的果子可比沾了血的干饭好吃太多了……不过,用不了多久。那里就会挤满争抢的家鼠了。"

"你一直生活在这儿吗？"青竹眨眨眼。他对这位知己的一切都很感兴趣。

"是啊。我经常到那个灰色建筑里去闲逛。我发现一个秘密：很多人类经常挤在一个巢穴里，不停地读着一句话……人类是很危险的，好在从来没有人发现我。我就蹲在那边的窗台上，有时待上半天，甚至是一整天。我喜欢人类巢穴里淡淡的树木香味，不像公园那么浓烈刺鼻，又不像城区只有烟雾缭绕……"

她一说起自己的生活，眼睛里禁不住流露出清澈明亮、充满希望的光。

青竹一直静静地听着。她经常来这栋灰色建筑里，经常遇见那只猫，大概是经历多次失败后，才知道怎样吓走它。

多么难得啊，终于有家鼠和我一样：不喜打斗争抢，崇尚友爱互助，包括……同样没有朋友。

他回忆起那些漠然索食的看守，那些为食相杀的家鼠，那些骂他"无牙无爪"的同伴。自己与他们格格不入，却在无意间遇到面前这位难得的知己。

"……那里有一条通道，走到尽头，你就能回到家了。"语罢，她抽抽尾巴，跳上一棵高高的梧桐树，她用爪子钩住树皮，几下登上低处的枝丫，向黄叶深处钻去。

"等等！"青竹站在通道口——这是一堆凤尾蕨屏障，回头喊道，"能知道你的名字吗？"

黄叶深处探出红棕色家鼠的头,她的眼睛在夜里发出烁烁金光。

"你可以称呼我'红影',但我只是幻光。请你记住,'人生永远追逐着幻光。但谁把幻光看作幻光,谁便沉入了无边的苦海'。"她扬扬尾巴,红棕色皮毛逐渐被夜色淹没。

青竹看见她高扬起的尾尖,与天空中那颗红色的明星重合在一起。透过暗红的尾尖,青竹感觉到,希望,正穿透层层乌云,在黑暗中散发着光芒。

他一直凝视着那一抹红影,直到她消失在叶片之中。他也倒过身,步入黑暗之中。

那个声音一直在身后隐隐回响。

是啊,无论多么黑暗,总会有光!

第十章 她不是红影

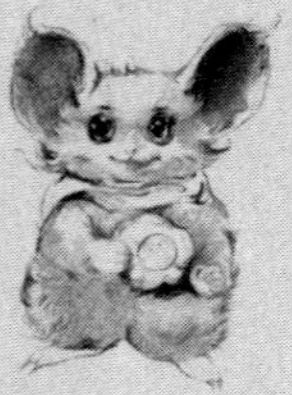

有谁把一堆软软的东西放在他的侧腹,他疼得一缩。

一定是母亲,她总在梳理他们的皮毛时把牙伸出来,不时钩到他们的皮肉。

"轻一点儿又不会死!"大哥总这么说,还扭头反轻咬母亲一口。青竹最看不惯母亲任由他的兄弟姐妹们互相撕咬,身上总带着伤痕。他和妹妹樱花都不喜欢也不参与这样残忍的游戏,所以性格显得沉默安静。这样带来的坏处就是——母亲去附近的垃圾桶带回半根腊肠或几块烤肉,只给玩着游戏的哥哥姐姐嘴里塞,直到剩下的一撮肉屑才会想起这安静的兄妹俩。有时没找到什么可吃的东西,只有几粒玉米,母亲就填进了自己的肚子,他和兄弟姐妹们只能挨饿。

刺痛再次传来,他蹬蹬后腿,动动身子,奋力抖开母亲的舌头。好了,好了,我已经很干净了。可母亲仍不住地往他身上推搡着。青竹无奈地挪开身,听见一声叹息,一对前爪正在地上抓挠。

"如果你再动来动去，伤口永远不会好！"

他愣住了。这不是母亲的声音！难道是猫追来了？他壮着胆子睁开眼睛，眼前是四只红棕色的脚爪，在土黄的泥土间格外突出。还好，不是猫！

是红影吗？是她把自己引领到这个地方的吗？他艰难地扬扬头，想要看清那个正将治疗伤口的叶片放在他身侧的身影。

他看见一张灰色的脸。

她不是红影！

她正冷冷地盯着他；耳尖微微压平，不屑地上下抖动；尾巴拖在地上，拍打着地上的泥土。最引人注意的是她那四只红棕色脚爪，无论在什么背景下，这对脚爪都显得格外突出。而且，他记起这只家鼠——

她是那些站在高墙上，数落他是"无牙无爪"的同胞之一！

一下子勾起过往不愉快的回忆，青竹忍不住气愤。可转念一想，她既然愿意救他，那心肠应该不会有多么坏。但比起红影，那一定差得多了。他暗自思忖着，抬抬前腿，眨眨眼睛，算是打过招呼："谢谢你！谢谢你帮助我，我是青竹，请问你是⋯⋯"

"我是凤尾蕨。"她毫不客气地打断了他，耸耸鼻子，"你最好在这儿待几天，除非你现在就想让血流得满地都是。"

听上去她生气了是吗？青竹不确定，为了缓和这窘迫的气氛,他急忙转移话题:"你的脚掌真好看。我还从没见过这样的脚掌呢。"

"它们就像凤尾蕨上的红棕斑点,因此,我给自己起名叫凤尾蕨。"她伏下皮毛,声音里的敌意少了些,显然提起名字的来历让她得意扬扬,"你的名字肯定是别人起的。一听就知道——老土。"

"我母亲叫我青竹,所以我一直用这个名字。"他有些疑惑,为什么她的名字是自己起的?她的母亲没有给她起名字吗?

"我母亲叫我'甜甜圈',我们家都喜欢用甜品来当名字。比如我的哥哥蛋糕卷、妹妹果冻……幼稚愚蠢极了!"她惊醒般顿了顿,有些懊悔,转而恶狠狠地说,"我警告你!不准你和别人说我原来的名字!那个冒着傻气的名字——是我的耻辱。"

"改掉名字,你的母亲不会介意吗?"

"介意?"她盯着他,仿佛他长出了三个脑袋,"她为什么要介意?她凭什么介意?"

"她给你起了一个名字,一个甜蜜的名字,也许包含了对你的爱和祝福。你却嫌弃改掉了,她不会伤心吗?"青竹无比纳闷:有一位这么爱她的母亲,凤尾蕨怎么忍心改掉名字?

"你真是傻。"凤尾蕨摇摇头,露出几分无奈,"你来这里时间不多,还不清楚这个世界是什么样的。"她抬抬头,压压耳朵,像是回忆起什么往事。声音从嗓子眼里挤出来:"这名字让所有鼠感觉我就是个吃货，一个没有出息的笨蛋，很多鼠认为我的肉是甜的而想杀死我。我的母亲也知道这些，她也知道我一定会改名字。更何况鼠群一直都有这样的传统：母亲与子女一起生活的时间不会超过一个月，母亲给的名字仅仅是个代号，是为了召唤更方便。"

"青……竹，这名字真是土到家了！你以为在这个充满竞争的鼠界里，能保持住你的清高吗？别傻了，等你的伤好了，改个霸气的名字，去告诉'边吃边笑团'，他们可能会对你态度好一点儿。"

"就是高墙上的家鼠们吗？"

"不错，正是他们。"凤尾蕨小心地把一卷叶子按进青竹的伤口里。他疼得直哼哼，挪了挪身子："你母亲怎么样了？"

"不知道，我也不必知道。她有她的生活，我有我的生活。大家的每一天都差不多——吃饭，打架，坐在高墙上聊聊八卦看看笑话，去地上捡捡做窝防寒的材料。你身下这块柔软的皮毛就是昨晚刚剥下来的，还有体温呢。"

"什么？"他惊得跳起来，几乎忘记了伤口的疼痛，看看身下，果然是一块鼠皮。

他头一次认真地打量起这个洞穴里的布置。这是一个位于地下的洞穴，四面是土褐色的洞壁，一条锥形的通道在凤尾蕨后方向侧上方延伸，清风带来新鲜蕨类植物的气息。洞壁上有不少凹槽，腊肉和鱼干的气味扑鼻而来。地面上铺着几块鼠皮，让他恶心。难道这样残忍的事件一直充满家鼠的日常吗？

"那你怎么不把我的皮剥下来呢？"他苦笑地挖苦道。

"呃……"令他惊讶的是，凤尾蕨居然很尴尬，"你的皮我倒不需要，我已经能弄到不少了。再说，你是出现在我的香肠通道里的，那里有三截未开封的香肠呢。如果我在那里把你碎尸万段，可就污染我的库房了。呸！所以你还是待在这儿，活生生的吧。"

真是个牵强的理由。

"香肠库房？她让我钻进去的通道通向的是你的香肠库房？"

"她是谁？"凤尾蕨浑身的毛都竖立起来。

"一只红棕色家鼠，她救了我，吓走了袭击我的猫。她非常勇敢且友好，她懂我的心，从不……"

"红棕色家鼠？不可能。而且，鼠群里没有家鼠会蠢到去帮你的！性格与你相像的，我也只见过两只……啊，正午了。我得去吃点儿东西，待会儿见。"说罢，她头也不回地钻向通道。

青竹凝视着她的背影。

真是莫名其妙。

第十一章
不想伤害任何人

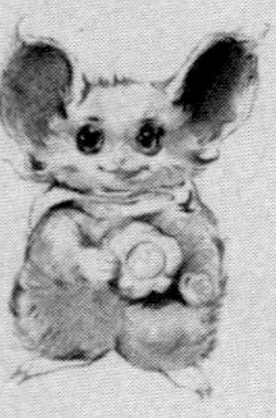

他小心翼翼地站起身，嗅嗅身侧的伤口。没有丝毫的痛，他松了口气。两个星期，他一直待在这个充满了腊肉、鱼干和淡淡血腥味的洞穴里，顿顿吃着干巴巴的肉干和菜干，天天睡在恶心的鼠皮上，呼吸着腥腥的空气。他早就想出去走一走了，但凤尾蕨硬是要等他的伤完全好了才肯放他走。

终于能出去呼吸一下新鲜空气了！

曙光从洞口钻进来，照亮了那个蜷缩的灰色身影。她的侧腹随呼吸一起一伏。他顶顶凤尾蕨："瞧，我已经好了，我们出去溜达一下吧。"

她动了动，睁开一只眼，看看四周，嘟哝道："天都没大亮呢，现在的垃圾桶里没有什么吃的。"说罢，又合上眼，蜷成一团。

他无奈地摇摇头，抖抖胡须。迎着淡淡的曙光，他奔向洞口，离开这压抑的灰暗洞穴。他跑着跑着，回想起那皮毛稀薄的家伙，回想起她立在桶沿，轻蔑的眼神和那句冰冷的话。

那家伙是错的，虽然遇到的大部分家鼠，是那么冷漠无情、自私自利，但就像这洞穴一样，总有一处有曙光，总有同他一样的热心家鼠，与他结伴前行。

红影——这个名字在他耳中回响着。

她住得太远了。青竹惋惜地动动耳朵。"我还不知道能否再遇到她，更何况走到楼的那边也不是件容易的事情。不过，凤尾蕨目前为止还算友好，如果能感化她那不知道藏着什么秘密的心，她也会是个好同伴。"

青竹惬意地爬上最后一段坡，触碰到了冰凉的草叶，上面打着霜。

四周一片沉寂，只有几只早起的鸟儿唱着欢快的小曲儿，洞口旁层层叠叠的凤尾蕨在清晨的微风中摇摇晃晃，背面一排排红棕色斑点格外明显。他钻出沙沙作响的凤尾蕨丛，踏上一条铺满卵石的小路，惊奇地认出——这里就是一个多月前来过的地方，一片有树有草有灌木的草坡，当时他还迷了路。他认出了当时躲雨的小棚，那只不友好的家鼠的家，他一路跑过的矮树。还有，一个最熟悉的东西映入眼帘。

高墙！正是垃圾桶边的高墙。

他像打了鸡血似的，飞一般奔向香气散发的地方……

他心满意足地伸伸懒腰，从铺着树叶的窝里探出身来。窝里还是铺着陈旧的铺垫，几处避风的位置早已破破烂烂，门口的细枝有些损坏。眼看着冬天就要来了，自己的窝如此简陋，怎么抵挡得住那一阵阵寒风啊。一想到刺骨的寒风透过树枝吹进来，他感觉身上的皮毛全结成了冰。

凤尾蕨的家就很不错。他不禁想道。那个温暖舒适的洞穴可以避寒，储存的食物可以让他减少外出，不过，他绝对不会去捡拾鼠皮铺窝的！他厌恶地抽抽鼻子，从矮树上跳下来，直奔凤尾蕨的洞穴。

"凤尾蕨！凤尾蕨！"

一阵急促的脚步声从地下传来，一对闪着警惕的黄色眼睛缓慢地出现在窄窄的洞口。待看到青竹后，她冷冷地瞪着他，喉咙里一阵吼声："哦！看在老天爷的分上，你在外面干什么！赶快进来！"

他跟着她进了洞，洞里比他昨日离开时更腥臭。"我猜，你又弄到鼠皮了吧。"他嘟哝着，找一处干净的地方坐下来。

凤尾蕨正拍打着一块鼠皮，停下来。"那倒没有，不过我拾了不少打斗中扯下的鼠毛，贴在门口挡挡寒风……"

寒风！他想起来找凤尾蕨的目的。"其实……我是来请教你一个大问题。"

"哼？"她竖起耳朵，三角形的眼睛瞥了一眼青竹，带着一丝轻蔑，"请教？"

"你能教我挖一个像你的这样的洞穴吗？天气寒冷，我的旧窝挡不了寒风，昨天挖了一个小洞，非常简陋。我觉得你的洞穴挺好的，如果你能教教我……"

"啊哈！让我教你？"她原本竖起的耳朵又压低了。脸上的表情有吃惊、有鄙视，转而又有一丝喜悦。接下来一段时间的沉默，凤尾蕨一直凝视着青竹，不知道在想什么。这让他很不自在，他想凤尾蕨是不想传授他挖洞的经验了。

"好吧。我想这里也不会有谁肯教你，也不会有谁能教你的。让我教你不是不可以，但我有个条件。"

"什么条件？"

"你不仅要跟我学习挖洞，还要学习鼠群的战斗技巧。变成一个真正的鼠群斗士！一个打遍天下无敌手的斗士！"

青竹怀疑他听错了。"我现在过得不是挺好的吗？为什么要学习打斗呢？"

"挺好？你总会拿到足够的食物吗？你每顿饭都能填饱肚子吗？你有厚实的鼠皮为你遮风挡寒吗？有谁会把你放在眼里吗？有家鼠愿意和你讲话吗？哼！都没有吧！嗯……除了我，不是吗？"

"才不是呢！我有朋友。"他反驳道，"她会和我说话，她勇敢且善良，友好又热心……对了，她就在那栋灰色建筑里，她喜欢坐在那里，一坐就是一上午……"

"这些你两周前就说过了。"凤尾蕨极快地怼了回来，"她的确和你很像，但这并不是什么好事情。你的认知有很大问题。你不应该生活在自己的世界里。作为鼠群的一分子，你要适应这个鼠群世界，需要看看其他家鼠是怎样生活的，你要向他们学习，了解他们，融入他们，和他们成为一个整体，成为其中的一分子。这样，你才能够同他们竞争，威胁他们，打败他们，甚至杀死他们。"

他浑身一颤，脱口而出："不！我不想伤害任何家鼠，更不想杀死他们。"

她阴险地笑了，三角形的眼睛眯成一条缝："你不得不！"

第十二章
朋友还是敌人

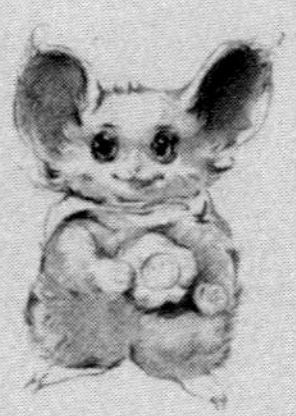

凤尾蕨每天上午都会带青竹学习打斗。他很不情愿，总是迟到，因此挨了不少罚。不过青竹学得很快，凤尾蕨对这个"徒弟"还算满意。

"后腿用力！再用力！把土踢散！"她命令道。

青竹使劲儿向前伸伸爪子，掏出更多泥土，他要给自己做一个狭长的通道，留一个小小的洞口，这样，猫就不能够发现他，也不能够抓到他。

体力早已耗尽，他又勉强挖了一些土，叹了口气，准备向后退离。掘洞工作比想象中的难多了。光设计就花费了他和凤尾蕨两天的时间，他不仅要掘一个洞穴，还得在房壁上进行捶打，让它们变得更硬实，然后涂抹水进行加固，再开通几个储食的凹坑。

想到这一切是为了冬日里能更好地生活，并且有一个极佳的藏身之地。他咬咬牙，用脚掌抓抓前方的土壤，抠下一大块干结的泥土，用后脚击碎，踢平。

"很好。"凤尾蕨满意地瞅瞅他做的通道，嘟囔道，"早点儿把土壁固定住，就来得及参加晚上的那一场……"

"晚上？什么场？"他好奇地停下手里的活。

"当然是午夜的好戏。那时候最热闹了，浮尘也会来的，她怎么能错过任何一场热闹呢？她总能从一群混战的家鼠中，迅速找到最有看点的那一对，她的眼光向来这么毒辣！哈，她还和我用一节烤肠打赌：说你这个笨蛋是绝不可能上到高墙的。等她看见你这'无牙无爪'登上高墙时，天知道她会有什么反应。我等不及看她气急败坏的表情啦！哈哈哈哈……"

"浮尘？很特别的名字！她是你的朋友吗？又或是对手？"

"朋友？对手？哈哈……你想得太简单了！每只鼠看重的都是自己的利益。鼠群成员越来越多，再看看那个垃圾桶，里面的食物不会永远充足的，只有抢下对方鼠爪里的食物，你才能吃饱，必须杀死对方获得柔软的鼠皮，你才能不被冻死。为了生存下去，鼠和鼠不得不互相争抢。所以，在鼠的世界里，没有朋友！最终只剩下竞争和对手。战斗是不可避免的，这就是你要学习的了。"

"可是，我和你将来也会这样吗？"他打个寒战。

她平静地点点头，仿佛这一切就像咽了一条鱼干一样正常。青竹感觉全身的血流瞬间被冻成了冰。怪不得所有家鼠都觉得他又疯又傻，还骂他"无牙无爪"。所有鼠都明白这一点，只有他，不一样，完全不一样。

他眯眼看向凤尾蕨——她又是因为什么对我这么好呢？

她像是看透了他的内心："总有一天你会明白的。不过你也不必过于担心——生存下来的鼠是多数。我与浮尘嘛……只要我高兴，我就可以戏弄她，取取乐子，有什么不可以呢？"

"可她肯让你戏弄吗？"他很为浮尘感到可怜。浮尘也许把凤尾蕨当作朋友，却不知道背后被欺骗。

"当然不肯。要么寻机报复，要么当场打回来。"

"打？"他瞪大了眼睛，"戏弄玩笑罢了，没必要这么认真吧？"

凤尾蕨木然地耸耸肩膀，凝神盯着青竹。她黄米似的眸子冷冷冰冰，闪着一种看到"傻子"似的无奈。而在无奈深处，他仿佛觉察到一些黑暗的、模糊的、充满渴望的叫不出名字的东西。这就是她的目的吗？这就是她藏在心底不愿泄露的善待我所得的利益吗？他不知道。他只觉得一阵阵冷。

"家鼠没有朋友。"她抖抖胡须，转变了话题，"快干活吧，干完了去吃饭。"

"我们不是朋友吗？"他有些受伤，但没把这话说出口。

他继续埋头苦干。头顶的天空由蓝转灰，乌云积聚在头顶，遮蔽了阳光，几缕光线穿透云间缝隙在他身边投下一片红影。青竹用力拍拍土壁，又看看身边的片片红影，想起了那只友善的救过他的红棕色家鼠。他仿佛看到她红棕色的皮毛在风中抖动，她细长灵活的尾巴在身后轻摇，她明亮的充满热情的眼睛在黑暗中闪光。他的耳边回响起那句深奥的话："人生永远追逐着幻光，但谁把幻光看作幻光，谁便沉入了无边的苦海。"

她一定是在那灰色建筑里听见这句话的。等到洞穴建成，可以去灰色建筑里琢磨琢磨这句奇怪的话。它一定有什么隐藏的含意，我现在还没有领悟到……

"嘿，想什么呢！筑完了就快出来，别自言自语的……"

青竹吓得一跳，差点儿撞上洞顶。看来以后需要注意的事还多着呢。他连忙应一声，退出未完成的新家，钻出层层叠叠的凤尾蕨，踏上柔软清香的草坪。

凤尾蕨见他出来，望望将沉的红日，急慌慌地迈开大步，直奔食物的香气而去。青竹紧跟着，从一个行人的两脚之间奔过，吓得那人嗷嗷大叫。他又绕开一群叽叽喳喳争着什么的燕雀，三步并作两步，登上坑坑洼洼的高墙。

几个灰色的身影，在墙上扭动着身子。"千万别闷着，该打就打，该骂就骂。"凤尾蕨在他耳边小声说，然后立刻跑开，凑到了几只家鼠旁边。他仔细瞅瞅高墙，看见了几个熟悉的面孔——曾骂他"无牙无爪"的同伴。他们并未一起交谈，而是聚精会神地盯着垃圾桶。他再看向凤尾蕨，她身旁坐着的正是那个皮毛稀薄的小家伙。

"小家伙的皮毛那样少，怎么抵挡寒风？冬日里一定不好过吧。"青竹心里想道。

正当他思索时，那小家伙扭过头，惊得张大了嘴，直直地瞪着他,一半脸扭曲起来,像一个皱巴巴的油条。"快看!是谁!无牙无爪上来了!"她转着眼珠,大喊着向他靠近。其他家鼠纷纷放下自己的事,反身凑过来。

"哟,无牙无爪,学会打架了吗?"

"就他?连个老者都打不过。"

"他居然没死,真让我惊讶。"

……

青竹不知所措地僵在原地,求救般向凤尾蕨望去。面对他的求助,她视而不见,自顾自地摆弄着红棕色的脚掌。

"凤尾蕨,我们认识,我们是朋友,快帮帮我!"他无声地大喊,急切地瞪着那对与众不同的脚掌。

"你干吗老盯着凤尾蕨啊,难道你们认识?"小家伙狐疑地眯起眼睛。

他非常清楚,凤尾蕨不想出面,如果他说实话,只会给朋友带来麻烦。可他还能怎么解释呢?他对这样不怀好意的话语,从来不知所措。青竹纠结地看向地面,无言以对。

"谁知道'无牙无爪'的脑子里出了什么毛病,他一直都这么怪。"凤尾蕨冷冷地回了话。青竹无助地抬起头,看见她正瞪着那家伙,得意扬扬,"我就说他迟早会来,浮尘。"

原来这皮毛稀薄、尾巴很短的小家伙就叫浮尘。

浮尘耸了耸肩,哼了一声,有点儿心不甘情不愿。她转身背对着他,指指垃圾桶:"嘿,老头儿,今天吃什么,残渣吗？"

　　家鼠散开了，围在高墙上，对下面叫骂起来。被解了围的青竹也凑上去一看——一只老家鼠，正疾步混入扭打的同伴中。片刻之后，带着几粒玉米冲出重围。他身上多了几道咬痕，伤口向外渗着血。他的皮毛又黑又臭，像是几年没有清洗过，看不出原本的颜色，守在桶外的同伴也掩鼻而行。

　　可怜，可怜呀。他感慨万分，但望望同伴们，闭紧了嘴。

　　感化他们是一件多么困难的事情啊！

第十三章

他不一样

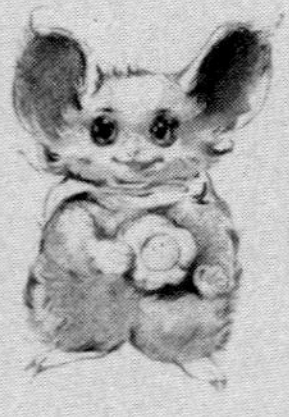

温暖的曙光把他唤醒，晨风带来了淡淡的凤尾蕨老叶的气息。他抖抖身上的苔藓碎片，迈进食物库里，取出存放的几小块虾片，又带上昨日刚收集的半块水果糖，顺着长长的通道走出洞穴。最近的日子还算顺利，他完美的洞穴建成已经一周了，辛苦寻来的各种干果干肉堆满了食物库，就算他一个月不出洞，也不怕挨饿。他大嚼着丰盛的早餐，左顾右盼，等待着凤尾蕨。

一条灰色的尾巴在他面前晃了晃，一瞬间消失了。他大口吞咽下剩下的一点儿食物，将地上的碎渣胡乱一埋，疾步跟上那条灰色尾巴，在凤尾蕨丛中快速穿梭。层层叠叠的蕨叶是纯天然的屏障，被尾随的同伴绝对发现不了他。他自言自语道："为什么跑这么快？如果是客人，我当然会欢迎啊。"

一个重物忽地压到他身上。"如果有'客人'，第一时间剥了他们的皮！你最好快点儿明白这一点，不然待到严寒时期，你不是冻死，就是因为送食物给不该活的家鼠而被牵连饿死。"凤尾蕨嘶吼道。原来，刚才的尾巴就属于她。

青竹耸了耸肩。他想：只要时间足够久，她自然会受到他的影响而变得善良的。

他们嗅嗅空气，只有一丝淡淡的米香。"没什么吃的。"她扭头遗憾地宣布，"也许我们可以去小路那头的食物点碰碰运气，反正现在还早，食物再多一些都不嫌多。"

他摸摸肚子，又回想起洞中储存的一堆一堆肉干和软糖。如果节俭一些，合理地分配，他完全可以熬过这个冬天。食物堆满了不吃，那还要它干什么呢？

凤尾蕨像是学了读心术："你呀！日子怎么能凑合着过呢？食物肯定是越多越好。只有自己吃饱强壮，而别人饿肚虚弱，才能独霸一方，更容易获取更多更好的生活物资。快走吧！"语罢，她疾步奔出凤尾蕨丛，青竹连忙跟在她身后。

草丛在他们的跳跃下发出窸窸窣窣的摩擦声，露珠在草叶上滚动，风携着清晨的甜味，扑在脸上，很是清凉。小路边的泥路湿漉漉的，留着一串鼠的爪印。"一定有比我们来得更早的。"她嗅嗅地上的爪印，"我想一定是浮尘和白胖子。"青竹低下头，气味很新鲜，他很快辨认出其中一种气味属于浮尘——那个好热闹的家伙每次都在高墙上坐着，不怀好意地议论这个那个。而另一种气味却很陌生，他从未见到过这只家鼠。

"'白胖子'是谁？"他把自己的脚印也留在泥路上，就在前两位同伴旁边。

"他是一只没有尾巴的家鼠，浑身有很奇怪的白色皮毛。

他两个月前突然出现在高墙上，带着一身肥肉，牙齿也不锋利，嘴里总是冒出些奇怪的词来，'笼子''鼠粮''木屑''跑轮'……简直太蠢了，一来就被我揍个半死。他刚来的时候，也看不惯家鼠们打打杀杀，听不惯讽刺挖苦，吃不惯大鱼大肉……嘿，拜托！你不要留下那么多脚印，后面的家鼠会跟上来的！"

青竹连忙停下动作。"听上去他是只善良老实又友好的好家鼠。"

"当然，那是对于你来说。"凤尾蕨翻了个白眼。"他就是个傻瓜，不过现在好多了——至少开始剥鼠皮取暖，练习格斗同他人厮杀，比你进步大点儿。还有，他坚持不改名字，还是叫自己小白。'白胖子'是浮尘给他取的。他以前住在高墙边，现在搬到灰色建筑脚下的一个地洞里去了。所以你不认识他，我也不觉得奇怪。"

他又仔细嗅嗅地上的气味，暗暗记在心底，便踏着脚印与凤尾蕨并肩而行。身旁的她每一步都小心翼翼，落在泥土上的红棕色脚掌轻快浅显，就像奔跑时溅动的几粒微泥。而他低头看看自己，四肢像大象腿一样，裹着一层湿漉漉的黏土，腹侧沾着星星点点的泥末，身后是滞笨的脚掌留下的大坑。他狼狈不堪地抖抖前爪，想把恶心的脏泥清理干净。好不容易搞干净一只爪，不料踩上一块光滑的卵石，他失控地向前一趴，又向侧边一翻，四仰八叉地跌落在地上。好嘛！这下，他全身没有一处是干净的了，泥水顺着他纤细的胡须在地上留下一个凹坑。

他无奈地看看自己被泥巴染成褐色的毛发，不知怎的，想到了红影。

"笨蜗牛喔。"凤尾蕨难得一笑，又突然收了笑脸，撇撇嘴，"快点行不行，照你这个速度，吃的早被抢完了。"说完又向前跳跃。青竹连忙跟上她，拖着湿漉漉的毛发一步步行进。他们离开小路，循着食物淡淡的香气，直奔角落的一个垃圾桶。

桶里传来一阵又一阵打斗声，桶沿站着叼着大块食物的家鼠，桶外躺着一具无皮无毛的尸体。他叹息着绕开那些发臭的骨架。

"为什么所有的垃圾桶都一个样？"他小心翼翼地嘟哝着，不料被凤尾蕨听个正着。"别抱怨了，你迟早会适应的，快上来看看吧。"她说罢登上一截树枝，顺着层层叠叠的树叶，跳上一个平台，树叶在她身后沙沙作响。

青竹跟在她身后，用爪子钩住树皮。他先认出了天天见面的浮尘，她正目不转睛地盯着打斗的家鼠，嘴里嘀嘀咕咕地念叨着什么，身旁堆着几个黏糊糊的糖块，散发着各式水果的甜香。她身边坐着一只肥大的家鼠，全体通白，没有一丝杂毛，身体圆圆的，尾巴短到快要看不到了。

这一定是"白胖子"了。他暗自惊奇——这独特的家鼠真是少见，不知他是从哪来的。看上去他年幼的日子里吃得很好，被养得胖胖的，他母亲也一定是个有爱的善良家鼠。他看向凤尾蕨，后者正奔向浮尘，指着下面争斗的家鼠同伴议论着什么。

而"白胖子"孤零零地被晾在一块平整的树杈上，无奈地看着早已遗忘他的浮尘。

青竹径直走向他，抖抖胡须打了个招呼："你一定是小白吧，我叫青竹。"

他愣了愣，似乎有些吃惊。一定是没有什么家鼠主动和他说话。"噢，没错。不过大家都叫我'白胖子'。你是'无牙无爪'——青竹吧，浮尘和我说过。她说你从不打斗。你一定是只爱和平的好家鼠。"

"谢谢夸奖。这是我应做的。"青竹简直不敢相信自己会被人夸奖——凤尾蕨否定他的每一个观点。

"你没有尾巴吗？是出了什么事故吗？"他担心这问得有些不合时宜。

"我生来就没有尾巴。不瞒你说，我曾住在人类家里。他们对我可好啦，每天给我添食换水，给我沐浴打扫，给我数不清的玩具，还陪我半个晚上。啊，那时的生活多么舒适，我只要在笼子里一趴，消暑板，棉花，零食……'衣来伸手，饭来张口'。可惜一天中午，我和照料我的人从他朋友家回来，走到半路，笼子裂开了，我摔到了地上，滚进了草丛里。那人没听见我的呼唤，径直走了……和以前相比，现在的日子真不好过。"白胖子的声音越来越小。

"我的日子也不好过。冬天来了，没有足够的铺窝材料。"青竹叹了口气。

"为什么不试试鼠皮呢？我听了浮尘的建议，在窝里垫几块，暖和多了。"白胖子把目光转向身侧正在夸夸其谈的浮尘，眼里有几分钦佩，"她真是个好同伴，一直很照顾我。可能是因为我们的尾巴都短短的吧。"

青竹也把目光转向那个披着薄薄灰毛的身影，回想起红影，回想起凤尾蕨说过的话。他不确定自己是否赞同白胖子的话。

也可能是浮尘有什么意图吧。凤尾蕨帮助我又有什么意图呢？

第十四章 不是兄弟

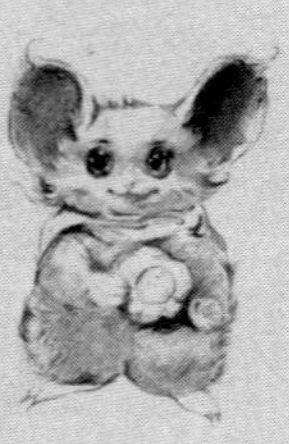

青竹在做梦。

他回到了儿时熟悉的小窝，母亲的气味就在身侧，她正大嚼着一块腊肉，嘴边沾着油。他的肚子大声抗议着，吵醒了妹妹樱花。"别动来动去，吵到母亲，咱就没午餐了。"她嘟哝着翻了个身。青竹扭过头，听见哥哥泼水和饭团扭打在一起，淡淡的血腥味从那边飘过来。有谁受伤了吗？

一只家鼠撞过来，他吓得一跳。

"快点儿，无牙无爪，今天是个大日子！"凤尾蕨的声音从洞口传来。

从她不耐烦的语气和外面咚咚的敲打声，青竹推断出她正在洞外来回地踱着步。他打趣地一笑，抖抖身上的碎屑，将从食物库里散落出的几块虾仁塞回洞里。凤尾蕨的大日子不过是垃圾桶里多了什么伙食，垃圾桶外多了几具尸体，或者就是有一场大战。果不其然，他刚从洞里蹿出来，凤尾蕨拔腿就跑：

第十四章　不是兄弟

"今天有两只硕鼠在空地上打起来啦,白胖子说的。"

青竹连忙追上她,即使他对这大战毫无兴趣。"最起码她愿意喊着我,等待我,如果换成其他家鼠,才不会想到我呢。"

"也许她正在变好,不再想着利用和索取了。"他钻出凤尾蕨丛,几步登上喧闹的高墙。

凤尾蕨三步并作两步,撞开一群吵嚷的家鼠,甚至把其中一只撞下了高墙。她在浮尘身后一拍,后者回了个重重的反击。她们对面有两只扭打的家鼠,想要争抢前排的一个空位。一只跃到另一只上方,前爪钩住皮毛,后腿猛踢对方脸颊,尖牙把薄薄的耳朵刺出了洞。不料对方一个回身,揪住他的尾巴,在空中几个翻滚,一同翻下墙去。一群争食的家鼠扭打着过来,他们一下消失在鼠群中。

青竹为难地扭动着身子,想不出自己该如何是好。他不想来看打斗,也不想与同伴打斗。他只想坐到前排,寻找母亲或樱花,或他的亲人们,他想回到梦里。

或者,他希望看见红影,听她讲那句深不可知的话。

正沉思的他,看见一个熟悉的白色身影。

"白胖子!"

白胖子扭过头,向他眨眨眼睛,往旁边挤挤,留出一个空位。

"谢天谢地。"青竹挤了过来,喘着气,向下面看去,"这里挤得像垃圾桶。"

白胖子点头附和："看来大家都在等着取战斗过后满地的鼠皮呢。我也该给我的小洞加个门帘啦。"

青竹皱皱眉头。"我还是觉得凤尾蕨叶铺的窝舒服，不过，也许我的洞也应该添上门帘。"他小心翼翼地回应。

"你的洞？你住在洞里？"

他点点头。"我和凤尾蕨都住在自己挖的洞里，门前有一大丛蕨叶，夜里走过会沙沙作响，就在那边。"他指指自己的洞的方向。

白胖子若有所思地点点头，转向空地："大战就要开始了！"

灰黑粗糙，又经鼠血洗涤变得暗红的空地上，一侧涌出了一片灰压压的细长身影，中间站着一只是其他同伴两倍高大的硕鼠。他高昂着头，帝王般扫视着高墙上看热闹的家鼠。当他的目光掠过青竹时，青竹感到莫名一寒，但又觉得似曾相识。他好像每天都能看见这对眼睛，看到他与同伴扭打，争抢一块小小的饼干。

"他叫泼水成冰，是夏末生的家鼠，厉害得很，一来就建起了队伍，还打算占据几个垃圾桶，与整个鼠群作对！"白胖子伏在他耳边说。

夏末生的，和我差不多大，怎么就走上了这样的路。

"他今天要是送了命，可就不会得逞了。"青竹摇摇头，斩钉截铁地评价道。他感觉有目光紧盯着自己，回身一看，是不远处的凤尾蕨向他赞许地点点头。

正当青竹纳闷凤尾蕨为何会赞许时，又一片黑压压的家鼠从另一侧迈上了空地。他们冲对面的敌手轻蔑地眨着眼。青竹看见其中有几只还是幼崽——吓得四肢发软的幼鼠们，看上去还不到两个月大。这支队伍中一个更加强悍的身影凝视着对手，根本无视高墙上喧哗的观众。这背影看上去也令他觉得眼熟，可青竹无法回忆起他的来历。

"这只叫肉团。他整天混在垃圾桶里，吃上个三天两天，再去招揽一批追随者。没有人敢反抗他。"白胖子吸了口冷气，"他最好快点输，我可不想被他招揽去了！"

随着白胖子话音一落，原先在相互挑衅的两群家鼠已经混战成了一团，到处是散落的鼠毛和抖动的鼠尾。两个鼠群的首领分别向对方扑去，在混战的灰色身影中万分突出。肉团身形庞大，一上来就以排山倒海之势向对手压去，企图将泼水成冰压成肉饼。而泼水成冰身子灵活，顺势一扭，翻身一跃，张口把肉团的耳朵咬穿了洞。肉团一侧身，用后腿绊向对方，牙间咔嚓一响，对方的尾巴尖就没了。一群家鼠扭打着滚着过来，他们淹没在茫茫鼠海之中。

青竹眨眨眼，望望这片混战中的场地，一阵反胃。那些最弱小的幼崽在战斗开始时就被撕成碎片，其他家鼠踏着他们的尸体站得高高的，从高处向对手们发起更致命的攻击。

血染红了大地，尸骨堆得越来越多，成了一座小丘。一座红色的小丘，间杂着灰色草丛似的皮毛。而在小丘的最上方，站着双方首领，皮毛沾着红点，伤势不轻的尾巴耷拉着，身后抹出一片红影。肉团身上有不少血口，但仍奋力厮杀；泼水成冰满身是血，却还不停反抗。他们扭打，又分开，再扑，又分开……

看着眼花缭乱的战斗，青竹一阵恍惚，两只硕鼠的打斗情景与梦中兄弟的扭打重合在一起，竟是那么匹配。如果将泼水成冰细长的身子替换，他就是哥哥泼水，如果将肉团的壮肉扣去，他就是哥哥饭团……

这两位首领竟是他的兄弟！

青竹站立不稳，又仔细确认了几遍。确认了！是他的兄弟！"我得去阻止他们。"他转向身边正激动不已的白胖子。

"什么？太危险了吧，下面的战斗正白热化呢。"

"我认识他们，他们是我的兄弟。"青竹不顾旁人惊讶和议论，翻身滑下高墙，蹬腿要冲进空地。

"青竹，你马上给我停下！"

刹住脚，扭过头，是凤尾蕨在高墙边缘。

他垂下耳朵，应了声："他们是我的兄弟，我不能看着他们自相残杀。"

"什么兄弟不兄弟，你这是去送死。他们互相不认识，更不会记得你了，你们什么关系都不是了，无牙无爪！现在就回来。"凤尾蕨微微颤抖的声音让他愣住了。墙上的浮尘在也在嘀

第十四章 不是兄弟 113

咕着，议论声更大了。

兄弟不能打架，兄弟不能打架，兄弟不能打架……他默念着，将议论声抛之脑后，踏进战场，直奔翻转着打斗的泼水和饭团，企图用力将他们分开。突然强大的反作用力迫使他向后退去，肌肉极快地波动着。他从未遇见过这样强大的力量，在惊愕中，踉跄着站稳脚跟。两兄弟在他的拉扯下暂停了打斗，怒气冲冲地看向半路杀出来阻碍他们的家鼠。

"你们是兄弟，怎么能打架呢？看看地上的这些尸体。"青竹质问道，竭力将面前这一胖一瘦两只硕鼠看作儿时同样强壮的手足。

"兄弟？可能以前是兄弟，反正现在不是了。话说你又是哪个孬种？"泼水将脚掌放在地上摩擦。

"我是青竹啊，是你们的弟弟……"

"不要听他胡说，明明是个疯子，留着传染疯病可不行。来人，给他拖出去。今天谁赢，鼠皮归谁。当然，赢的肯定是我。"肉团扬起头，抽抽尾巴，鼠群的混战又继续了。兄弟俩消失在茫茫鼠海中。

另有两只家鼠突然蹿出来，亮着尖牙冲到青竹面前。青竹迅速转身，顾不上多想，迈开步子，顶开鼠群，绕开几具面目全非的尸首，滑到高墙底下，踩着一只不小心从高墙上滑落的幼鼠的背，登上高墙，来到四处张望的凤尾蕨旁边。

她正与浮尘指着两位首领嘀嘀咕咕。追杀青竹的两只家鼠在下面停了脚步，拽过高墙下发抖的幼鼠，一只叼住他的颈背，另一只咬紧他的后腿。两只家鼠用力撕扯，就像在撕开一根流油的腊肠。幼鼠的瘦小身子随着一声哀鸣被撕成了两段，他抽动了几下，很快不再动弹。

"还好那不是我。"他松了口气。

战斗越来越激烈，高墙上叫声越来越响，两位首领在战团中更加突出。他们身边堆满了沾血的皮毛，一双双无神的眼睛望向灰色的天空，云像是染上了血，初升不久的太阳将晨光从云中透入，大地笼罩在一片沉寂凄凉的红影之中。

难道这就是"无边的苦海"吗？

战斗在不知不觉中结束了，场地上再没有一只充满生气的眼睛。泼水成冰细长的身子和肉团庞大的身躯倒在尸骨的中央。周围的家鼠欢呼雀跃，蹿下高墙，奔向那些毫无生机的、柔软的鼠皮。

第十五章

那是我的母亲

他强忍血液的腥臭，将一层又一层的鼠皮展平后紧实地卷在一起，放进凤尾蕨专放床铺的分房里，塞得满满的。垃圾桶边的空地之战已经过去十几天了，地上的尸骨和皮毛早已被洗劫一空，秋雨冲刷过的空地上早已没有了血迹，一切又回到了平常。凤尾蕨在大战后采回了数十张鼠皮，每天仔细清理，够用两个月的了。

　　青竹懊悔地想起前天，他和凤尾蕨无意说到了白胖子，便把大战前的交谈内容讲给她听，不料对方大发雷霆："你竟告诉他我住在洞里，呆子。他要是找到了我家，你等着瞧！"然后夺门而出。不过，尽管白胖子还没找上门，他还是被罚得极惨——每天打理凤尾蕨的床铺，还得咒骂十只家鼠，以及袭击幼小的毛都未长齐的幼鼠。第一个倒还能忍受，不过是些腥臭的鼠皮；后两个才是深深地刺痛他的心。当他向那些奋斗努力的同伴说出凤尾蕨教他的肮脏词汇时，他恨不得把自己的嘴撕得稀烂；当他朝那些瘦弱无助的幼鼠伸出细如针尖般的无情利爪时，他巴不得把自己的脚剁得血液直流。

但他没有办法——凤尾蕨用他的冬粮作抵押，不干就会饿得头昏眼花。

冬天的临近让他的生活越发艰难和忙碌。像凤尾蕨和浮尘这类在高墙上地位出众、存在感超强的家鼠，总有各种各样的手段弄到成堆的鼠皮和食物，过一个衣食无忧的冬天。其他极为普通的同伴，则整日争抢。唯独他这样热爱和平的家鼠过着一种另类的生活。善意的本性对他无疑是雪上加霜——他不肯用鼠皮垫窝，不愿与他鼠争抢食物，食物库里的存粮又被凤尾蕨强占着，留给自己的不剩多少了。蕨叶的门帘根本无力抵挡冬风，夜里寒风直接钻入他的皮毛。

"夜里真冷啊，看来需要加厚我的蕨叶门帘了。"他将床铺铺好，抖抖皮毛，钻出伙伴的洞穴，趴在日光下打瞌睡的凤尾蕨旁边。今天他终于有借口不去高墙上——他计划好要穿过马路，寻找红影曾提到过的空地。

"那儿有块空地，空地中种了棵果树，上面的果子可比沾了血的干饭好太多了。"红影的声音在耳边回响。

青竹怀念着这个仅有一面之交的知己，叹了口气，推推凤尾蕨："我走了，你确定不去？"

"不去！"回答干脆却睡意未尽，"有什么好去的，那点儿果子哪有垃圾桶里的炸鸡可口。你和白胖子绝对是傻子。"

他告别了凤尾蕨，在蕨丛中探出头，观察一下四周情况，确认没有人类在走动，便蹿进草丛，向着与高墙相反的方向奔去。几棵矮树在风中晃晃树叶，光斑投在他的身上。他很快嗅出了白胖子的气味，及时收住脚掌，差点撞倒对方。

"我真没料到你会从那边来。"白胖子理理凌乱的毛，踢掉脚底的土块，"这儿有一枚浆果，送给你当早餐好了。你的生活现在肯定很拮据，蕨叶的保暖也没有鼠皮好。为什么不试试鼠皮铺的小窝呢？"

青竹犹豫着接过好友的礼物，几口吞下了肚。"我不习惯血的味道，我也不爱残杀。鼠皮的窝会让我做噩梦的，梦里一定全是尸体和地面上鲜血泼溅的红影。"

白胖子耸耸肩，舔舔嘴唇："你这么说也有点儿道理吧，但我不想整夜冻着。咱们还是快去找找你听说的果树吧。"语罢，他嗅嗅空气，带头向跑满了庞大车辆的公路奔去，白色的皮毛在风中一起一伏。

青竹连忙跟上他。巨大的车辆如同奔逃的野兽，咆哮着在他眼前闪过，扬起阵阵尘土。它们粗壮又厚实的轮子，一下就能压扁一只家鼠。"我们怎么可能过得去！"他懊恼地甩甩头，甩掉身上的飞尘。

身边的白胖子倒很冷静，注视着飞跑而过的一辆辆车影，微微皱着眉，沉默不语。

青竹凝视着他，忽地回想起白胖子原是生活在人类身边的宠物，他一定对这些汽车有一些了解。"没准我们能找到其他办法过到对面去的，用不着……"

"有主意了！"白胖子胜利的喊叫声打断了青竹的自言自语，"这些汽车虽然跑得够快，但害怕红色。"说着，他看向远处一个比树还高的铁柱，柱顶有几个圆圈，它们正发出深夏时绿叶一般颜色的光。"看，现在那儿是绿色的，等那颜色转红，汽车便吓得停下了，我们就能从中间过去。"

"不错的主意。等到了对面，我们就能吃鲜美的果子啦！"青竹兴奋地抽动耳朵，将目光转向三个圆圈，"还要等多久呢？"

"不会太久的，大概吃两个浆果的时间吧。"白胖子动动嘴，一块香喷喷的鱼肉出现在嘴边，"或者吃一块炸鱼需要的时间。这年头，谁还吃浆果，都吃大鱼大肉呢。"

"你从哪儿弄来的鱼？"青竹惊愕地瞪着白胖子。

"腮啊。你不能把吃剩的食物放在腮里？"白胖子嘟哝着吞下鱼肉，大口咀嚼。

"不能。家鼠都不能吧，我只知道另一种鼠会把吃剩的东西存在嘴里，好像是叫仓……"

"快看，红色！"白胖子匆匆咽下鱼肉，指指那三个圆圈。绿叶般的光褪去了，换上醒目的大红色。汽车果如其言，一个挨着一个地停下了。白胖子探探头，抬了抬前腿，"听我指挥，跟在后面，千万别单独行动！"语罢，他迈开步子，踏上了坑坑洼洼的路面。

青竹跟上他的脚步，小心地打量四周。忽然，他看到一个熟悉的身影——灰色的皮毛，丰满的身体，轻快的步伐——不正是那个教授他对付猫的本领的家鼠，不正是总用牙钩住他皮毛的家鼠，不正是不辞而别，从他满月以后就再无音信的家鼠吗？不正是——

"母亲？"

他浑身的血都沸腾着，脚掌不听使唤地向前狂奔。他能听见白胖子的喊叫声，但心中思念让他忽略了朋友。

母亲嘴里叼着一卷生菜，还有一根肉肠，慌张地左顾右盼，好像有些担心。她在担心食物被抢去了吧。

青竹不管那么多，在高大生猛的汽车间穿梭，三步并作两步，冲到母亲面前。

他闭上眼睛，想象着母亲嗅嗅他的气味，欢喜地拥抱他，问他近来如何，有没有挨饿，兄弟姐妹们的生活都怎么样，交没交到新朋友……而他则告诉母亲，他过得很好，认识了白胖子、凤尾蕨、浮尘，还有红影——他仅见过一面的知己。他会邀请母亲与他们一同去采果子，住到他的洞穴里，不会受冻，顿顿吃好的。唯一可惜的是，他并不知道母亲的名字。母亲从未说过自己的名字。

青竹靠近母亲，从幻想中走出来。

"你是谁？想抢我的东西吗？"对方迅速将生菜和肉肠藏到身后，"想要这些，你得从我的尸体上跨过去！"

青竹蒙了:"我……我是您的孩子青竹啊,出生在夏末,和樱花是兄妹。"

"樱花又是谁?你的同伴?和你一起来抢我食物的家鼠吗?"母亲咆哮着后退。

"您不记得我了吗?我不想抢您的食物,我也不想伤害您。我和朋友凑巧来这里,要去那边的果树上摘果子呢……"他还没说完,母亲早已头也不回地钻进草丛。青竹连忙跟上去,一头拱进草丛。

草丛里是一个乱糟糟的鼠皮窝,皮毛中央有六七只毛茸茸的幼鼠,正互相打闹着。母亲独自在一边啃食肉肠,撕下一小片生菜扔给那群幼鼠。新的幼鼠?我的弟弟妹妹们?青竹兴奋地走向他们,用鼻子顶顶一只幼鼠的额头。

"嘿,我的窝不许随意侵犯!你到底来干吗的?一直缠着我。"母亲用自己的身子保护着食物,一脚将一只正打闹的幼鼠踢到身前,"别来烦我。幼崽可以给你,我的早餐不行……嘿!泼水和饭团,你们俩别咬我的尾巴。"

青竹看着她用力甩开两只幼鼠,将他们狠摔在地上,她是认真的。这个世界上可能有几十只泼水和饭团,几十只青竹,几十只樱花。母亲不会记得自己的孩子,也不会记得他。

他只是母亲曾经拥有的一个物品。

他回想起凤尾蕨的话:"起名字只是为了方便。"

没有谁会永远爱着他,甚至没有谁曾爱过他。这就是鼠

第十五章　那是我的母亲　　125

群的生活吗？冷漠地交流，只为自身战斗，不惜一切追求那些血腥又不人道的东西，甚至杀死朋友获取利益？青竹顿时觉得血都冷了。他麻木地点点头，退出草丛，领着白胖子继续寻找果树。

果树被找到时已是正午。顶着太阳，他们爬上树梢。白胖子尽兴地大口吞咽着，讲起他旧日的故事。

但青竹什么都没有听见，他呆呆地啃着果子，木讷地回想母亲的话。他觉得喘不过气，身上像压了石头一样重。

他突然忘记了一切，忘记了他生命中照亮他的那道光。血色的红影似乎要将他吞没。

一个下午，他们在果树上吃吃喝喝，打打闹闹。暮色在天边渐渐渲染，隐去了远处秃秃的黄色山丘。是时候回家歇息了。青竹伸伸懒腰，打了个哈欠。

"差不多了，采些果子制成果干，这一个月可有享用的了。"

"是啊。"白胖子惬意地舔舔嘴唇，"不过，吃了一下午酸溜溜的果子，应该再来点甜丝丝的东西。我记得附近应该有甜品店。"一边说着，他四处张望起来，耸动鼻子，捕捉空气里的甜味。

果真，草丛里躺着一个半截的甜甜圈，刷着糖浆。

"哟，那不是……甜甜圈！"白胖子大声喊道。

"哎！"树下的草丛传来一个声音，差点把青竹的魂吓没。

他俩向下望去，竟是凤尾蕨，身边散落着几枚坚果和几片蔬菜。这奢侈的家伙什么时候吃起清淡的来了？青竹百思不得其解。白胖子似乎也很奇怪，向他动了动眉毛，眼里带着疑问。

"凤尾蕨，你也在这儿啊。"白胖子向她摆了摆爪。

看着他们两个，凤尾蕨的眼里先是惊讶，再是慌张，最后是愤怒。她恶狠狠地瞪了白胖子一眼，似乎要喷出火来，把他烧作灰炭。然后，头也不回，跺着脚钻回草丛不见了。只留下青竹和白胖子站在原地，挠着头。

第十六章
又见『红影』

枯黄的秋叶在脚下嘎吱作响，深秋的冷风在皮毛间穿梭。光秃秃的枝杈，不再欢欢作唱的鸟儿，穿着更厚皮毛的人类，都预示着冬天的来临。天气越冷，人类似乎越爱吃热的、油的、香的、辣的食物，垃圾桶里也总是准点装满了新鲜入桶的炸鸡和烤鱼。食物总是不缺，但争斗总是不断。空地上躺着的尸体还是一如既往的多，正如天上源源不断的乌云。

登上高墙，几番挣扎着抢座，青竹终于坐到了白胖子的身侧，后面是耀武扬威的邻居凤尾蕨。他的朋友被整洞的存粮填得壮壮的，如今她在高墙上更是威风大振。

有一次上来两只新家鼠约架，被她一脚全踢下了墙，摔得那俩一只断了脚，一只折了腿，再也没上来过。高墙上的家鼠们对她又恨又怕，只好把最好的位置留给她。青竹紧挨着她坐，旁边依次是趾高气扬的浮尘和她的朋友白胖子。

白胖子和浮尘正冲下面的一只幼鼠吐着舌头。幼鼠弱小的身子上顶着三只庞大的家鼠，却还紧紧抱着食物——一条梅菜。

"他是这么弱小，他的母亲在哪里？他的母亲为什么不照顾自己的孩子？"他嘟哝着。

"母亲为什么要照顾孩子呢？幼鼠只是像一丛蕨叶那样微不足道的东西罢了，与其抱怨，还不如自己多找些东西吃。"青竹一惊，猛然意识到凤尾蕨听见了自己说的每一个字。他惊慌地想解释，却被堵住了嘴。

"得了，你别想用你的'朋友'红影来反驳我。"她无奈地耸耸肩，"我认识一只红棕色的家鼠，生活在灰色建筑那边的小树林里。一会儿吃过早点，咱们过去看看。也许她是你要找的……"

"谢谢谢谢！"青竹兴奋地打断了她的话。

凤尾蕨眼里闪过一丝他看不懂的色彩，但他顾不上考虑那么多了——凤尾蕨口中的家鼠，真的就是那只与他有一面之缘的知己吗？瞬间，温暖的阳光照进了他的心房，母亲对他糟糕态度的阴影消失得无影无踪。

如果真能找到红影，他们两个在一起，肯定能改变这个一片混乱好斗的世界，创造一个美好和谐的家园。再也没有打打杀杀，再也没有你死我活，家鼠们相互谦让，友善交流。这样的想法从未间断。他一直渴望着见到红影，甚至猜想白胖子是否也曾见过这只红棕色的善良家鼠。

但他没想到是凤尾蕨。

"真是奇怪，她平常很抗拒这种话题的。"但兴奋中的青竹没细想,"找到就行了,管她怎么想呢。"他扭过头,却发现凤尾蕨不见了。她正挤过一群家鼠,顶得一只一个趔趄,差点儿掉下高墙去。走到白胖子旁边时,她停下来,贴在前者耳边说了些什么。

"你们在说什么?"青竹匆匆跟上她的脚步。

凤尾蕨迟疑了一下:"没什么重要的。"

阳光透过树枝,在地上投下道道光斑。晨起清扫落叶的人刚走,他就迫不及待地探出洞口,在凤尾蕨丛里来回走动。他用一片宽大的枯叶包住几枚浆果和一块鸡肉,作为美好早晨的开始。

昨天凤尾蕨和他商量好了,吃完早点,就出发去找红影。可惜朋友还在窝里打着鼾,丝毫没有要出发的意思。他又耐心地等了一会儿,最终忍不住冲进洞穴,用脚掌捅捅凤尾蕨的侧腹。

"起床了,懒虫。"

朋友揉揉眼睛,伸伸懒腰。"你平常抢食可一点儿都不积极,怎么一提找红影就这么兴奋?"她抽抽尾巴,抖落皮毛中的泥土,带头奔出蕨叶屏障。青竹叼着枯叶和里面的早点,踩着松软的沙,抠住高墙上的小洞,快步登上高墙,差点儿一头撞到浮尘身上。这只皮毛稀薄的小家伙最近开始臃肿起来,肚子被食物填得胀胀的。她瞪了青竹一眼,不满地咕哝一句:"无

第十六章 又见"红影"   133

牙无爪，撞人就罚。"便笨拙地混入吵闹的鼠群。

他耸耸肩，找到一处靠近垃圾桶的地方坐下。凤尾蕨的叫骂声从身边传来。原来是白胖子和一只硕大的同伴在争抢鼠皮。白胖子身上布满血印，脚上有一块瘀伤，显然力不从心了。少见他这么拼命。青竹正要去帮忙，一只家鼠忽地闪出来，叼了他的早点就跑。

"嘿！站住。"他恼怒地追上去，用头顶向对方的腰。身边围了一圈看热闹的家鼠，叫着他的绰号。

"早点拿走就拿走嘛，我又不缺这顿饭。"他想着，放开了那只家鼠。"可这小偷害我颜面扫尽，不可不报此仇。再说，我的食物怎么能给别人享用？"他又伸长前臂，拖住对方的后腿，折起身子奋力争夺。青竹试图从小偷的嘴里夺回美味，但对方紧咬牙关死活不肯松开。

他忽然感到有些愧疚："他可能只是一只可怜的家鼠，迫不得已才出来偷抢，给他早点吧。我要当一只善良的家鼠，和红影一起改变世界，我不能伤害同伴。"他犹豫着松开了爪，小偷匆匆跃下高墙跑远了。

他能听见周围刺耳的议论声、嘲笑声、羞辱声，还能感受到凤尾蕨的失望。她会改变想法的。青竹安慰自己，屏蔽掉那些声音，跳下高墙，抖抖尾尖示意朋友。

凤尾蕨过了一会儿才下来，嘴里有半个鸡米花。"我说你，迟早得学会抢食，再仁慈一点儿就成佛了。"她撕开鸡米花，把小半块扔给他,"自己保管,路上吃。对别人我可不会这么好的。"她用复杂的表情看了他一眼,带上自己的小半块鸡米花,一头扎进灌木丛。

青竹叼住食物,耳尖兴奋地抽动着。历经两个多月后,他终于踏上了寻找知己的旅途。

朋友走得很快,皮毛竖立着,眼睛警觉地睁得大大的。她时不时停下来嗅嗅空气,用脚掌感知周边地面的情况。灰色建筑很快出现在他们眼前,几只麻雀"喳喳"地叫着,叫声中带着些许嘲弄。青竹激动地擦磨脚爪:"咱们进去吧!她一定在里面。"

"我不是说了吗?我知道她的洞穴在哪儿。"

"但她现在不在洞穴里。她说她每天都去灰色建筑里听人类说话,有时待一天,有时待……"

"好吧,好吧。我们进去找找,但在中午之前必须出来,不然到晚上我们也回不了家。"

青竹迈进灰色建筑,再次踩在闪亮的地面上。他认出了红影带他走的那楼梯,沿路向前奔去。过道里一片寂静,没有人在走动。他猜想人类正在进食或休息,也许正在与同伴轻声细语地聊天。反正人类之间不会打斗,不会互相伤害取得皮毛。青竹叹了口气,转而开始一级一级地跳上台阶。他学着白胖子的样子把食物含在嘴里,支吾着招呼凤尾蕨跟上他。朋友不情愿地跟在后面,鸡米花在嘴下晃荡。

不知走了多久，青竹和凤尾蕨搜遍整个灰色建筑，走进每个隔间，登上每个窗台，都没有发现那个红棕色的身影。不仅如此，他们被发现了 31 次，被报纸或棍子袭击了 23 次，被东西打到了 14 次……凤尾蕨的鸡米花也在逃跑时掉了一半。

他看出朋友对失去午饭极为愤怒，于是知趣地任凭她取走了自己的午餐。

"都是你的馊主意。我说我们就应该直接去她的洞穴，而不是在这里到处乱逛。"她用尾巴狠抽了青竹一下。

"好，听你的。咱们赶紧，快下午了，不然赶不回家了。"他叹了口气，扭身便走。一个红棕色身影在身旁闪过，但当他扭头去寻找时，她便消失了。

真是奇怪。青竹甩甩头，一定是自己眼花了。

他们从灰色建筑的另一端走出来，踏上一条家鼠踩出来的小径。小径旁长着长长的草叶，间杂着细碎的小白花，一些块状的岩石坐落在草叶中，上面布满了横着的爪痕，有力又古老，不知已经在这片土地上存在了多久。

轻风从他们的腿间吹过，青竹仿佛听见了隐隐约约的清脆铃声。原来是一串树叶，用一条极细的丝线连接在一起。不过那可不是普通的树叶，它们浸着红色——浓浓的红色，挂在两块岩石中间，像一串飞动的旗帜。而那树叶的下面，是一个不大不小的洞口，洞口周边被草叶遮掩着。凤尾蕨停下脚步，站在洞口。

"听好了，这里住着的就是一只红棕色家鼠。她可不太喜欢陌生的家鼠，你跟着我，我让你干吗你就干吗。"

"讨厌其他家鼠？怎么会？红影可是只善良的家鼠啊。她是认识我的，她只是和我一样不善于表达罢了。"他想着，跟在朋友身后迈入黑暗之中。

地洞整洁干燥，地面上散落着嘎吱作响的枯叶和果皮，洞壁上有些坑坑洼洼，坑洼之处存放着浆果、饼干、肉肠一类的食物和各种道不出名字的叶片。他认出了红影先前给他用的药草，不由得心跳加速。这里一定是红影的家了！青竹急切地踩着地上的"地毯"，催促朋友加快步伐。走了好一会儿，一个宽敞的房间出现在面前，苔藓在中央聚集成一张舒适的小床。一个棕色的身影端坐在床边，与青竹灰色的皮毛相比，她看上去就像一团炽热的火，像黑暗中的亮光。他屏住了呼吸，望着知己。正要开口，一眼看到对方刚刚翘起白色尾巴尖，心忽地沉了下去——

红影的尾巴尖不是白色的！

那只家鼠平静地向凤尾蕨抽抽耳朵打个招呼，然后将鼻尖转向凝视着她的青竹："这是谁啊？"

"他叫青竹，你是他的偶像。他找你找了好久。上前来——青竹。"她用力将青竹推到面前。

"这是白尾尖。你要找的朋友！"

第十六章 又见"红影"

第十七章
怎会沦落到此地步

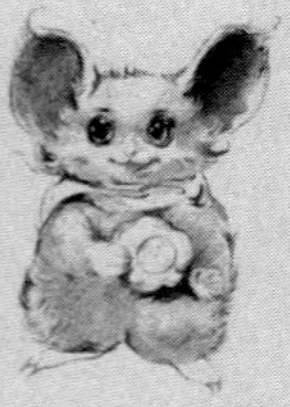

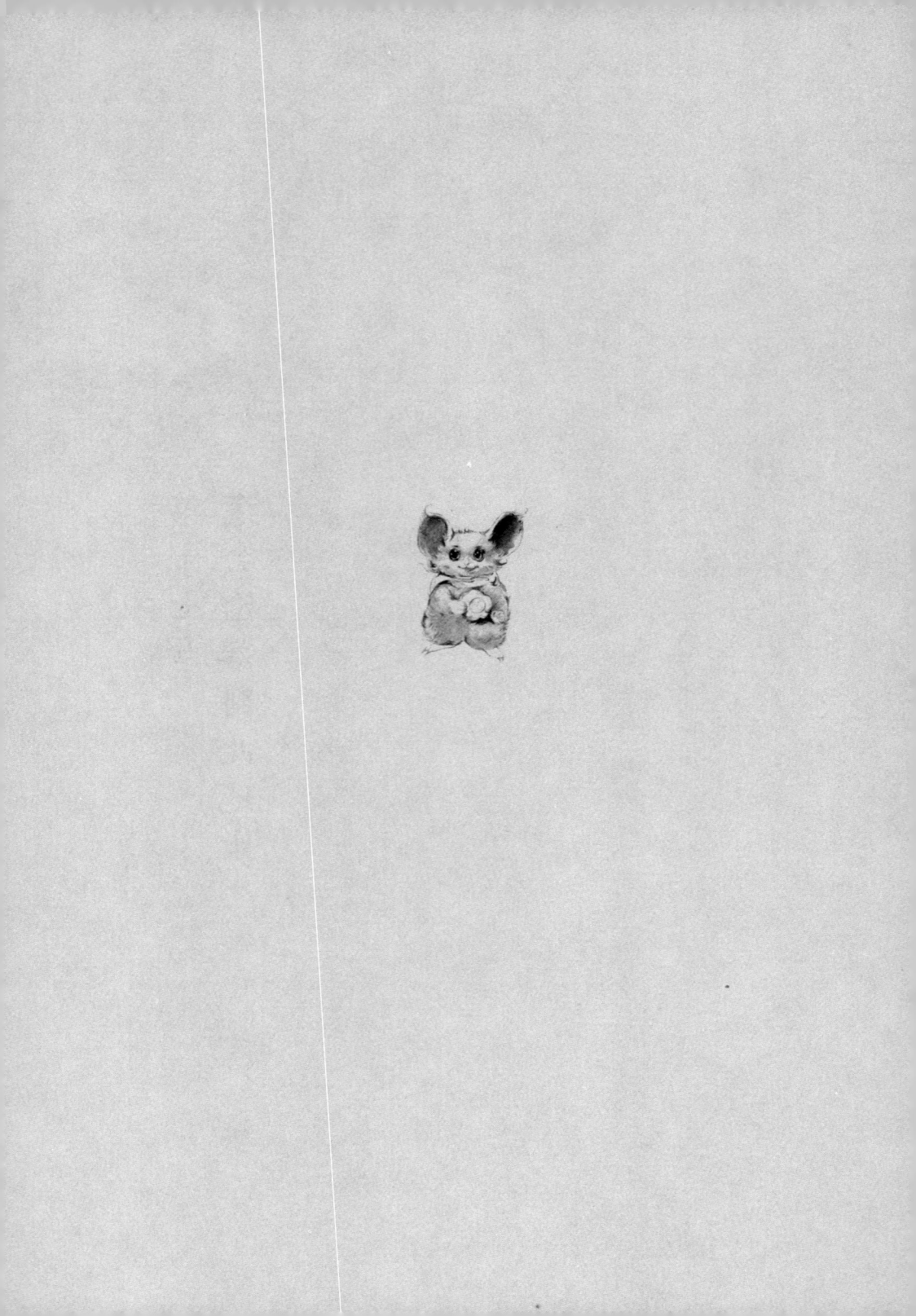

白尾尖饶有兴趣地望着他，似乎想从他的眼中发现什么。但青竹已非常清楚她不是红影。"至少看上去她是友善的。"他自我安慰道，在洞边找了个地方坐下，看着洞穴的主人为他们叼来了浆果和蔬菜。她棕色的皮毛擦过泥土，发出沙沙的声音。青竹转向凤尾蕨："她并不是红棕色，尾尖也是白的，你怎么说这是红影呢？"

　　"她看起来够红了，不是吗？再说，你没说红影的尾尖是什么颜色，我怎么知道呢。"朋友反驳道。

　　白尾尖将食物推到他们面前，然后坐到青竹旁边："别介意，我这里没有太多的美味。你看起来……不太一样，尽管我不是你要找的朋友，可我想听听你的故事，也许我能帮到你。"

　　"非常感谢！那是我在遇到困难的时候，有只叫红影的家鼠……"他开始回忆，开始讲述和红影相遇的点点滴滴。她是他的知己，他的希望，世界的转机。

　　"我在寻找她，我一定要找到她，我们要一起改变灰暗无情的世界！"

"所以你误认为我是红影？"白尾尖友好地眨了眨眼。

"是的。但红影是红棕色的，尾尖是红色的，而不是白色。"青竹犹豫地说道，"她对我说了一句很深奥的话：'我只是幻光。但记住，人生永远追逐着幻光，但谁把幻光看作幻光，谁便沉入了无边的苦海。'我不太明白。"

白尾尖垂头盯着地面思考了一会儿，眼睛转了转："别放弃，她一定会出现的。她也一定在到处找你呢。不过我没想到凤尾蕨会帮你，她向来不喜欢插手同胞的事。"

凤尾蕨自始至终没说什么，自顾自埋头吃她的那份食物。

白尾尖低头看看自己的脚掌，抓了几下地面。"其实我也有一位要好的朋友，就是我的堂姐。可惜后来没有了她的音信。"她叹了口气，仿佛回到了过去。

"我曾经是鼠群首领。我出生时，家鼠们生活在一个谷仓的地下，和平安定，幸福快乐。我的父亲统领着鼠群，我的母亲也聪慧能干。但是有一天，猫来了，试图将我们赶走，占据我们世代生活的家园。为了让族群生存下去，父亲将一半的家鼠交给我，让我带领着他们寻找新家园。母亲死在猫爪下，无数同胞死在猫爪下，我与家人生死分别，告别谷仓，告别父亲，带领鼠群日复一日地前行……我的族群中既有灰色的家鼠，又有棕色家鼠……"

"真有这么多棕色家鼠？"青竹想象着那些棕色的身影。

"当然。我和父亲都有棕色的皮毛。我带领鼠群迁徙，一路遇上不少天敌野兽。每当遇到危险，一部分家鼠英勇善战，他们不需要动员，会主动冲在最前面抵御外敌；而另一部分家鼠跟随鼠群，做后方保卫和食物准备。但鼠群中还有一部分家鼠无论怎样动员也不肯上战场。他们大部分是在迁徙过程中出生的，整天不是在鼠群里玩闹，就是争抢食物。

"经历了漫长的迁徙，我们从乡下迁进了这个灰色的巨大城市，因战斗死亡的原因，生活环境变化的原因，家鼠在逐渐减少。棕色家鼠难以在灰黑的地面隐蔽，死了不少。冲锋在前的，后方保卫的也大多牺牲了，那些斗嘴的、好吃懒做的家鼠却生存了下来，将下一代教育成和他们同样的模样。他们，就是现在这群更适合在这城市生活的灰色家鼠。

"我们辗转来到了这里，这里有充足的食物，有自由的生活，还有许多本地的家鼠加入。队伍在不断扩大，但我已经感觉到了世事在变化——同胞们不再一同睡在洞穴里，而是各自为营。食物充足的情况下，他们还是争抢不休，死伤时有发生；瘦小的幼鼠和年老的战士需要帮助，年轻力壮者却袖手旁观。我没有能力带领这样的鼠群，也无法忍受这样的鼠群。这哪里还是曾经的鼠群，大伙都自私自利，像一盘散沙。"

青竹有些坐不住了："然后呢？"

白尾尖叹了口气，弹了弹光一样的尾尖："我几番说教，他们却把我当疯子，根本听不进，也不愿改变。后来，一只善

第十七章　怎会沦落到此地步

战凶残的新首领顶替了我……虽然我独居在此,但我一直希望世界有所改变,希望自己重返谷仓,希望鼠群闪耀辉煌。"

"我和红影一定会办到,我们的世界一定会重新变得充满和谐与美好。家鼠们的本质一定是善良的。"青竹安慰似的向她点点头,转向凤尾蕨。后者正将头枕在前肢上打瞌睡,还是一副不屑的模样。真是奇怪,白尾尖这么和善友爱,凤尾蕨这么冷淡残酷,她俩是怎么认识的呢?

"你不用理会她。她对我们的谈话毫无兴趣。"白尾尖打断了他的思绪,返回入口附近,叼回了一截腊肠和一片生菜叶,丢给凤尾蕨。朋友一闻到肉香,马上清醒过来,吧唧吧唧地吃起了腊肠。

"凤尾蕨还是我的远房亲戚呢。我的父亲和叔叔都爱吃这一口。"白尾尖怀念地抽抽尾巴。

"亲戚?"青竹一惊。性情相差如此之大,怎么会是亲戚?

白尾尖点点头,看向狼吞虎咽的凤尾蕨:"我叔叔的孩子,也就是我的堂姐叫花须,她是我最好的朋友。我们一起觅食,一起对抗天敌,一起迁徙到这里,一起见证鼠群的陨落。当遇到危险时,她总是冲在最前面;当有同伴需要帮助时,她总是不遗余力。来到这里之后,是她与我日夜不停地为鼠群挖掘栖身之处,为家鼠搜集苔藓和食物。在鼠群最艰难最黑暗的日子里,她希望培养自己的三个孩子成为和她一样的家鼠,学会关爱,学会服务。"

"她成功了吗?"青竹兴奋地抖动着胡须。花须的孩子之一会是红影吗,会是红影的父亲或母亲吗?

"她没有。"听见这个回答,青竹的心沉了下去。"花须非常努力地教育她的几个孩子,但在幼鼠长到五周以后,孩子们都离她而去,再也没有回来。后来,我寻找到了其中一个。这只幼鼠已经长大,她毫不关心鼠群的现在和将来,所有人都笑话她是个懦弱的吃货,因为她特别喜欢甜品,喜欢到自己孩子都以甜品命名,比如:蛋糕卷、果冻、甜甜圈……哦,你还不知道,甜甜圈就是……"

"好了好了,就此打住。"凤尾蕨不耐烦地吞下了最后一点儿肉,"青竹,天色不早了,我们该回去了。"

他意犹未尽,却不得不起身走向通道。白尾尖跟在他们后面。洞口出现在面前,外面早已暮色一片。青竹看见了挂在洞口的那串树叶,那串浓浓的红色在晚风中飘荡。

"这是花须留给我最后的礼物。那时我刚被挤下首领之位,心里非常郁闷,非常绝望。花须将这串树叶送给我。这是属于谷仓的,属于我父亲的,它见证了几位亲人为鼠群和家庭的牺牲。它无比重要。当时,花须坐在我身边,对我说:'鼠群经历了无数次灾难,却一直顽强生存着。这些家鼠不会一直这样的,总有一天,会有善良的家鼠来感化他们,影响他们,让一切重回正轨。'"

白尾尖郑重地说:"别放弃,亲爱的朋友,会有光。"

西边的晚阳染红了天际,而东方的新星照白了夜空。红色的叶片在风中上下抖动,而曾经的首领抬起了她白色的尾尖。

白色的尾尖,就像夜空的明星,照亮了无情的阴暗。

是啊,会有光。

第十八章
冬日重逢

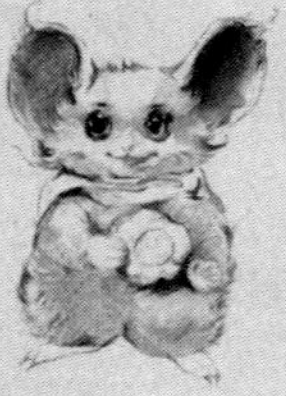

午后的阳光罕见地挥洒在凤尾蕨丛中的空地上，远处的同伴依旧像往常一样咆哮着在垃圾桶里争斗。青竹美美地伸个懒腰，在冬日的暖阳下舒展身体。没想到来这里生活已经一个季节了，他从一只懵懂无知的幼鼠长成少年，童年的回忆日渐模糊。

冬天真是眨眼就到，气温已经降下来了，冬日刺骨的寒风随时都有可能灌入洞口。他的窝里添加了更多的草叶，洞口也挂上了厚厚的门帘；朋友凤尾蕨则更频繁地去采集新鲜的鼠皮，用同伴的皮毛将洞穴捂得严严实实的。在阴暗的日子里，难得见到带来热量的阳光了。

这样难得的天气，路面上竟是空空的，没有多少人类出来晒太阳，他们不会也在为生存争食和打斗吧？不，不会的，青竹确信。

他突然想起红影，那个曾在他绝望时帮助过他的红棕色家鼠，想象着红影抽着皮毛登上树梢，趴在树枝上悠闲打盹的样子。她究竟在哪里，为什么再也不出现？青竹回忆上次寻找红影的旅程,叹了口气——在离开白尾尖后,他曾再次潜入灰色建筑,一层一层,一间一间地搜寻,从清晨找到黄昏,从黑夜找到黎明,可一点儿红棕色的皮毛都没看见。

"别找了,根本没有什么红影。她只是个美好的幻想罢了,倒不如抢食和围观来得真实。"凤尾蕨一直劝他。

幻想?不!红影是真的,她是我的知己啊。我们还要一同创造美好世界呢。青竹回忆着,计划着。首先,我们要让家鼠们回想起旧日里的温馨和睦,向往美好。如果大家互相帮助,艰难的日子一定会变好。再也不会因争抢食物而丧命,再也不会因寒冷和饥饿而奄奄一息。

为什么他们情愿过你死我活的争斗日子,也不愿用一句句温暖的话语创造幸福生活呢?"每个人都有困难的时期,每个人都有不顺。幸运的人帮助不幸的,强大的人帮助弱小的……"他轻声念着,隐约感觉到自己苦苦寻找的同伴也在某个未知的角落应和着。

"嘿,别自言自语了。今天垃圾桶旁来了个新家伙,可强悍了,还把一只讥笑她的家鼠推下高墙,并且一口结果了他的小命!"凤尾蕨快步蹿进蕨丛,蹦到青竹面前。只见她毛发凌乱,右侧脸颊有一道深深的血口,着实吓了青竹一大跳。

"不只强悍,简直是一个暴力女。不过你不要着急,高墙上不是经常出现些奇奇怪怪的人物吗?扬扬得意几天就会被你比下去的。"他不屑地抖抖耳朵,在阳光下舒展身体,美美地伸个懒腰。他觉得凤尾蕨为这样的事心焦，真是不值得。

凤尾蕨的眼里闪着急切的光，尾尖不耐烦地抽动着，浑身的灰色毛发竖得直直的，四只脚爪在地面上来回擦蹭。她欲言又止，快速眨动着眼睛，看起来有几分焦虑。她焦躁不安的样子让青竹感到纳闷。她平日里可不会这样心急，难道那只新家鼠真的异常残暴吗？竟让素来高冷无情的凤尾蕨都束手无策了？青竹重新坐起来，认真地看向朋友，用前爪理理耳后的毛："那么，她长什么样？"

"灰色的皮毛，颜色比你浅些，身体却是你的两倍大。她有黄色的、细叶一般的眼睛，瞪大时和……和你的一模一样。她战术高超，肌肉有力，没有家鼠敢与她争抢。而且……她抢了我的位置。"朋友叹息着擢擢鼠皮。

"你是说，她抢了你在高墙上的位置，现在大家看不起你了？"青竹停下了动作。

"正是。所以，我来请你帮帮忙，和我一起打败这个家伙，以后你跟着我享受最好的待遇，如何？"凤尾蕨伸出脚掌，"而我也会继续帮忙找你的……所谓知己。"

"成交。"一听到帮他找红影，便不假思索应承下来，没有再多的思考，青竹紧跟着朋友奔出层层叠叠的凤尾蕨丛。太阳透过树枝，在泥泞的道路上透下一道道光斑。远处有几个人类正在柔软的草坪上嬉嬉闹闹，分享一包薯片和一瓶可乐。为何家鼠们不能如此融洽呢？青竹无奈地跟着凤尾蕨走去。

第十八章　冬日重逢

"小心点儿,她可不好惹。这次我们先上去看看情况,安排策划,下午再进攻——如果她下午还在的话。"朋友凤尾蕨听上去很紧张。她率先登上高墙,轻抖尾尖示意他跟上。青竹踩着高墙上的凹陷,登上他无比抗拒的地方。

同伴们正喊喊喳喳地议论着,对下面争食的家鼠指指点点。他四处环视,没有见到另外两个熟悉的身影。

奇怪,白胖子和浮尘这个时间怎么不在?他们可是最喜欢出来晒太阳看热闹了。

"怎么不见浮尘和白胖子……"他嘀嘀咕咕。

提到白胖子,凤尾蕨的表情一下变得很难看。

"别想这想那了,快看!"凤尾蕨不耐烦地拍拍他。

凤尾蕨向他抖了抖耳朵示意他往上看。他望向朋友曾经的位置,现在上面站着一只硕大的家鼠。她用前爪捧着大半个红烧鱼,一边大口吞咽,一边使唤身边的同伴给她送吃送喝。有一只家鼠似乎对她不满,对她的命令无动于衷,自顾自地大声喊叫。不料一只硕爪袭来,违抗命令者立刻跌下高墙。

青竹紧张地向凤尾蕨点点头,跟她返回高墙之下的乱草丛。"这家伙可难对付呢。你去吸引她的注意力,我从后面把她推下去如何?"凤尾蕨的眼中闪过恶毒的光。

他为难地甩了甩脚掌:"好吧。"

他穿过鼠群,小心翼翼地走到硕鼠的旁边,从地上捡起她吃了一半的牛肉干,拍打干净。"你好,想吃点儿牛肉吗?"

她扭过头，盯着青竹爪中的肉干："你就只有这个吗？"

"是的，抱歉。"他的心跳得飞快，"我的生活并不富裕。因为我不想伤害其他同伴，也不爱打斗，每天只能捡点剩饭菜。"

"哦。那我劝你早早放弃这种生活方式吧，否则在这里是行不通的。"她眯着眼睛打量青竹，"你看你多瘦啊，如果有一群臣服者和一堆鼠皮，衣食无忧，你也能长成我这样，身强力壮。"

"谢了。但我不打算改变。我现在的生活还过得去，没有飞溅的鲜血，没有腥臭的铺垫……"

"等等，"硕鼠打断了他。她用那对细细的眼睛盯着他，那双眼睛越睁越大，像是充了气，透出几分惊讶，"看着你眼熟……你叫什么名字？"

"青竹。是我母亲给我取的名字，一直没变。"他奇怪地歪头回答。

"青竹？你是青竹？"硕鼠的眼睛瞪得更大了，"我没想到还能再见到你。我是樱花，你的妹妹呀！"

"樱花，我的妹妹？可你怎么比我个还大了？"青竹简直不敢相信自己的眼睛。

几个月未见的妹妹去了哪里，经历了什么，为何变成这般模样？

樱花点了点头，收起先前冷漠的语气："母亲离开后，我逐渐意识到自己不能再过那样苦命的生活，于是我趁着夜色穿过马路，找到了一个垃圾桶，靠吃死鼠的肉生活。我一天能吃八顿，几天就把散落的尸体清得干干净净。有了更丰富的营养，我的身体变得强壮，自然在争食中占了优势，没有一只与我争抢的家鼠能活着离开。我越长越壮，需要的食物也越来越多。听说这里美食很多，我就搬到这儿住几天，没想到竟碰上了你。"

"真巧。"他附和说，却伴有一丝失望。

曾经同他一样亲密友好、柔弱善良的妹妹，竟也成了敌意世界的一部分。

"你会长久留下吧？"

"不。我要不停地前进，四处寻找食物。"樱花叹了口气，"说真的，哥哥，我不知道你还能坚持多久，这里没有关怀和友善。毕竟，活着最重要。"

"我会用真诚和友善来感化我的同胞，鼠群会成为一个温暖和谐的大家庭。"

"你不明白，我劝你尽快离开这里，冬天就要来了。"

樱花扫视了一圈，摇摇头："是时候离开了。哥哥，我只能祝你好运。"

那个硕大的身影叼着剩下的食物，走下了高墙，渐渐远去……

樱花刚走不久，凤尾蕨凑了过来，充满疑惑又激动地说："你用了什么法子，几句话就能把她赶走？这下再也没有谁能威胁到我的地位了！"

青竹看向远方："是的，一切都结束了。"

第十九章
決裂

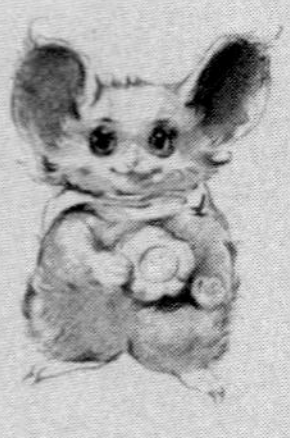

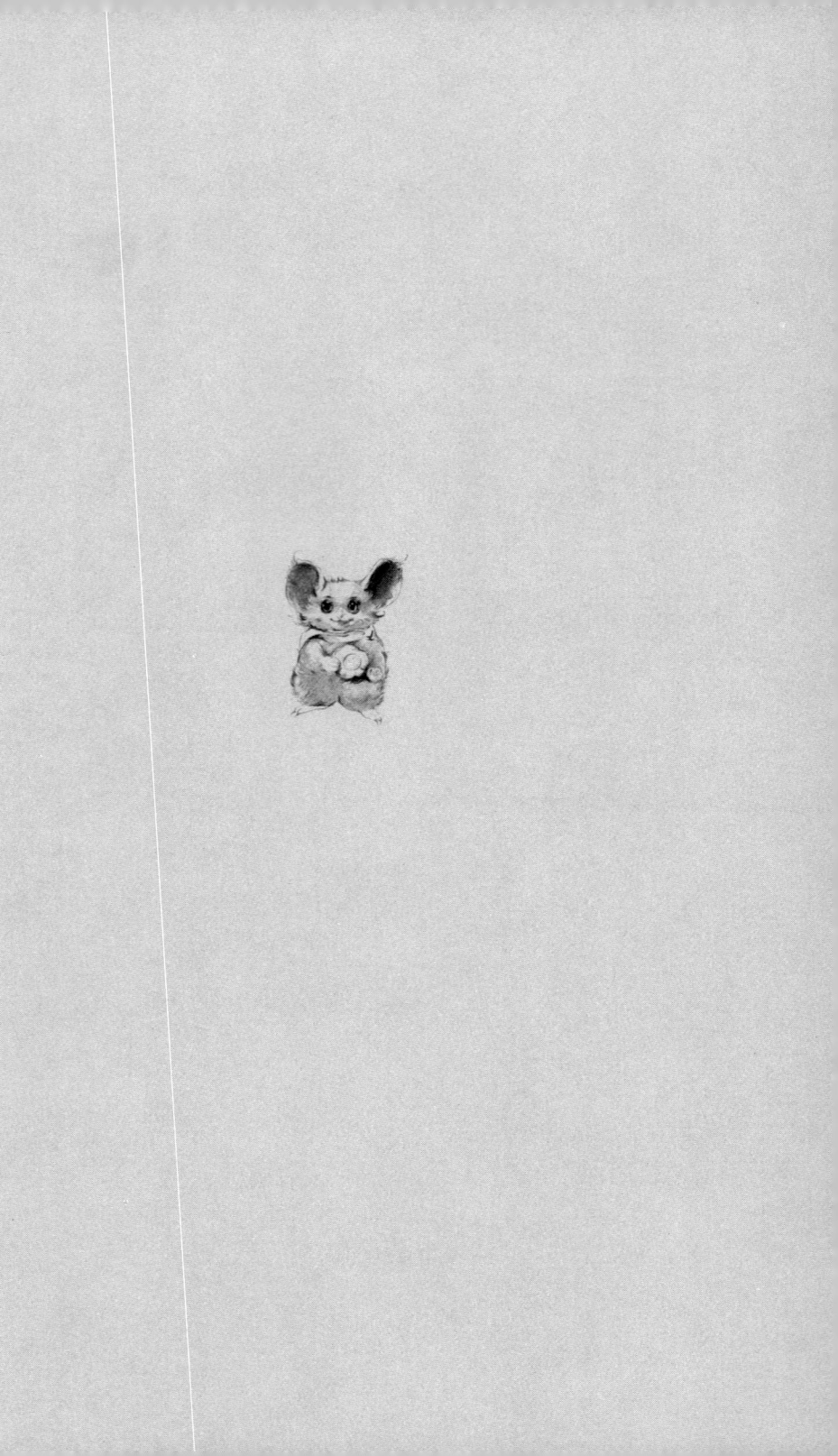

寒冬难过，青竹叼着几片生菜走进了凤尾蕨丛中的空地，坐到凤尾蕨身边，后者正清理着后腿因争斗撕破的伤口。他叹了口气——最近高墙上的矛盾和冲突越来越频繁，每只家鼠都想置他人于死地。食物总是在出现的第一时间被洗劫一空。凤尾蕨的库存正变得越来越少。朋友总是清早出去，正午带着一身咬伤回到洞穴。祸不单行，最近有小偷数次光顾这片蕨丛，把他的几包伙食和凤尾蕨的几根香肠偷了去，还顺手牵羊带走了洞里的一张鼠皮。凤尾蕨恶狠狠地说："这可恶的小偷如果被我逮到，我一定会将他碎尸万段。"

天气越发寒冷了，生活越发难过了，他们也越发担心了。凤尾蕨担心自己的库存食物和铺垫，而青竹担心他的另外两个朋友。白胖子和浮尘已经半个月没出现在高墙上了，最近一次遇到是白胖子在垃圾桶抢食。"白胖子可能是觉得高墙上的家鼠们过于残忍，不愿再来。一定是这样的。但浮尘的消失才令他更为纳闷和焦急。那个皮毛稀薄的家伙是够讨厌的，但她这么爱热闹，怎么可能不出来？不会是生病了吧。"他轻抖耳朵，十分不安。

身边的凤尾蕨似乎察觉到了什么，小心地把后腿放到身下。她冲青竹眨眨眼睛："你今天怎么怪怪的，难道想抢我的东西？"

"不，当然不。我只是奇怪，好久都不见白胖子和浮尘了，不会有什么事吧？"

提起白胖子，凤尾蕨眼里闪过一丝不加掩饰的厌恶和不满。

"谁知道呢，他们的死活关我什么事？！"

朋友耸耸肩膀，起身进洞穴里去了。青竹无奈地摇摇头，开始品尝辛苦弄来的美餐。"白胖子是个不错的朋友，希望他没什么事。"

青竹在窝里打着滚，沾了一身蕨叶碎片。

听到白胖子求救的呼喊声。朋友有危险了！他跃过空地边的尸体，从几只家鼠身上蹦过，直奔声音的源头。

他看见了一辆辆的汽车在路的中央疯狂奔跑，而朋友白胖子正孤身站在一辆大车的顶端。青竹迈开脚步，向着那载着朋友的车奔去……

"醒醒，快出来，你关心的人来了！"凤尾蕨的叫声将他惊醒，声音中带出了愤怒和不屑。

他猛地跳起来，胡乱抓一把肉干和糖块，顺着地道爬上地面。清晨的第一道光照在皮毛上，暖暖的，湿湿的，让他倍感清爽。这是美好的一天，莫不是白胖子找过来了？或许是红影——他的知己？青竹兴奋地抽抽尾巴，在强光下眨着眼睛，想看清来者。一片灰色的雨云忽地掩盖了太阳，他看见了白尾尖棕色的皮毛。

"你好啊，青竹。我是来叫你一起去灰色建筑里找红影的。听说里面总有一只鼠不知在干什么。"白尾尖一边说着，一边放下了带来的两包伙食。

凤尾蕨嗅嗅包好的叶片，皱了皱眉。"肯定不是什么好吃的，你个老家伙。我去拿鸡米花来。"她给青竹递了个眼神。

青竹看着朋友离去，又看看自己脚边的食物。凤尾蕨是什么意思？她的洞穴里没有鸡米花啊。青竹疑惑地动动耳朵。她一定是在想办法脱身。但为什么要躲开白尾尖这个好心肠的同伴呢？

白尾尖毫不在意地抖抖尾巴，似乎对凤尾蕨的冒犯习以为常。这也太过分了，怎么能不理会旧日的鼠群首领呢？他气愤地叼起食物，向白尾尖抱歉地点了点头，钻进洞穴找他的朋友。

凤尾蕨并不在储存食物的几个洞穴里，也不在放置香肠的通道里，而是在堆满了鼠皮的小隔间。她见了青竹，连忙用眼神示意他闭嘴。她向小隔间后的一个小门抖了抖尾巴："从这儿

第十九章　决裂

出去，快！"她悄声说，用力推推青竹的腰。青竹不知如何反驳，只好照办。等两鼠都过了小门，走进一个空空的密室，拉上门帘，凤尾蕨才松了口气："听着，我们去找白胖子和浮尘。我打听到了他们的洞穴在哪儿，也去视察过，但我认为我们一起去更……"

"太好啦！你终于也要去看看他俩了。"青竹欣慰地欢呼起来。我成功了——凤尾蕨终于开始关心朋友了。他想着，忘了之前的不愉快："我们现在就走吧，我相信白尾尖和红影会原谅我去看望朋友的。"

凤尾蕨的表情有些异样，但很快地甩了甩头："走这边，我们抄小路过去。"

青竹甩了甩疲惫的脚掌，垂下耳朵，踏上寻找朋友的旅程。大半天了还是没有走到凤尾蕨所说的洞穴。

"凤尾蕨，我说还有……"

凤尾蕨伏低身子，挥挥尾巴让他闭嘴。"保持安静，我们到了。"

这是要给他们个惊喜吗？他急切地扭动身子，跟在朋友身后匍匐前进。草丛中隐现出一棵高耸的树，树根间有一个用落叶掩盖的洞口，白胖子的气味四处弥漫，让青竹倍感欣慰。他小心地嗅嗅洞口，竖起耳朵。一些奇怪的声音钻进了他的耳朵，但过于微弱，像清晨的微风，一会儿就没影了。他放轻步子，溜进洞穴，用鼻头触碰凤尾蕨的尾尖。那细碎的、听不太清的声音慢慢传入耳中，青竹听出是白胖子和浮尘的声音。

"我带了午茶和鼠皮，是你喜欢的酱骨架。"白胖子的声音从前方传来。

"谢谢啦，我都好久没吃新鲜的肉了。"是浮尘的声音，不过没有以前那么咄咄逼人，而是充满柔情。

"如果你想吃，下次我尽量多带一点儿。"地面沙沙作响，是白胖子将东西推上前。

青竹正专心听着，忽地感觉鼻尖的尾巴抽离——凤尾蕨跃到了白胖子背上。他也高兴地蹦出来，落在白胖子身侧，用脚掌轻轻拍打他的皮毛。然而，凤尾蕨的话让他愣住了——

"没想到吧，你们两个躲不过我的。"她嘶吼道。

白胖子的脸上顿时写满了恐惧："当时我真的不知道，凤尾蕨。那是一个巧合，我是真的看到一个甜甜圈，不知道那是你的名字……更不知道你当时你正在缅怀你的……"

"闭上你的嘴！我才不信你！今天你们死定了！"她死死按住白胖子。

"你们不仅窥探我的隐私，还去偷了我的食物！"

白胖子脸色煞白："抱歉，我实在没有办法，我找不到食物，浮尘身体需要，因为她……"

凤尾蕨不等他说完，将尖锐的牙齿刺入他的肩膀，撕开了皮肉。白胖子痛苦地呻吟一声，扭头想要反击，却被一口咬下

第十九章 决裂

了耳朵。血溅到青竹的皮毛上，给他的灰色皮毛染了个色。

青竹猛然醒悟过来。这不是什么看望和惊喜，这是一次偷袭、一次杀戮！

他看着挣扎着反击的朋友，心里一痛。青竹奋力挤进两鼠之间，用力将凤尾蕨顶开。白胖子有了喘息的机会。再一回头，灰影掠过，他看见浮尘从后方扑了上来，想咬凤尾蕨的肩膀，却被后者轻松撂倒，腹部多了几条血口。青竹连忙上前阻止，谁料凤尾蕨一脚大力踢来，踢得他一个趔趄，跌倒在地。肩膀上尚未愈合的伤口再次裂开了，让他疼得动弹不得。

"凤尾蕨，有话好好说，不要打了！"青竹竭力地喊着。

凤尾蕨瞧都不瞧他一眼，前爪挥去，差点伤了浮尘的脸。

"凤尾蕨，你听我说，"白胖子靠着墙，支撑着站起来，将浮尘挡在身后，"浮尘和这事没有关系，她什么也不知道。"

凤尾蕨眼里闪过轻蔑和凶狠："你觉得我有这么好骗吗？"

白胖子的左后腿被咬断了，背上和腰部布满咬痕，肩上的血口不断向外冒着血。随着凤尾蕨再次凶狠一击，白胖子抽了抽身子，垂下头，跌倒在地。

青竹眼睁睁地看着，这个从人类世界来到他身边的朋友，这个对他充满善意的朋友，这个也曾照亮他前行道路的朋友，变成了凤尾蕨尖牙下的受害者。他无力地抓着地面，试图站立起来，想和凤尾蕨拼个你死我活。

凤尾蕨盯着白胖子的尸体看了几眼，便重新龇出牙齿，转向后面的浮尘。后者已被眼前的景象吓呆了，接着惊恐地向后退去。她背对着窝，阻挡凤尾蕨："你不要过来，我们什么都不知道，你已经杀死了白胖子……"一个毛球睡眼蒙眬地从窝里探出了头。

"妈妈……"

那是白胖子和浮尘的孩子！"怪不得那么久不见她了，原来他们有了自己的孩子啊。"疯狂的凤尾蕨会宰了这个可怜巴巴的小家伙的。哦，千万不要啊！青竹一瘸一拐，奋力走向前去……

凤尾蕨继续咆哮着。

"至于你，我也不会放过。我看你不顺眼已经很久了，今天，我们一起算算这笔账！"

凤尾蕨扑向自己的朋友——或许是敌人吧。窝里的鼠崽被彻底惊醒了，不停哭闹着。浮尘一爪击中凤尾蕨的右耳，迅速将鼠崽拉到身后，用蕨叶盖住。

"离我的孩子远一点儿，不然没有你的好果子吃！"浮尘再次发起进攻，尖牙刺进了对手的前腿。凤尾蕨疼得龇牙咧嘴，但几乎没有犹豫，后腿一蹬，反身将浮尘压在身下，用尾巴一钩，用牙齿一撕，用前爪一踹，浮尘应声倒下。

"哟，这么在意你的小崽子，马上让她给你陪葬！"凤尾蕨杀红了眼。

青竹眼睁睁地看着这个美满的家庭被毁灭。他愤怒地大喊："凤尾蕨，你怎么能这样？他们也是我们的同伴，是我们的朋友啊！除了自己，你谁也不在乎吗？"

"他们可不是我的朋友。他们窥探我的秘密，偷盗我们的存粮，我怎么能让他们活着呢？哼！没想到白胖子和浮尘如此不堪一击。看吧！这个世界从不给懦弱的家鼠机会，胜利永远属于强者！至于这小家伙……留着也没用了！"她舔了舔嘴唇。

怒火在他的胸腔燃烧，他想起和白胖子的点点滴滴，想起浮尘的吵吵闹闹。他们和青竹一起经历的每个平平常常的日子，尽管有时不那么快乐，但毕竟大家一同生活了那么久，他们早已成为青竹为数不多能称作朋友的人。

泪水涌上眼眶。如果不是凤尾蕨，白胖子、浮尘和他们的孩子在一起，该是多么幸福啊。可是，青竹永远也看不到他们的未来了。

青竹一时间不知道哪里来的力量，一下顶开凤尾蕨，将幼鼠护在身下。"离她远点儿！她是无辜的！你这没心没肺的家伙！"他怒吼道，努力克制住微微颤抖的声音。凤尾蕨盯着他，有些惊愕，但很快恢复了之前的冷酷无情。她哼了一声，径直向青竹扑来，在他体侧留了一道深深的口子。

她也要杀了我吗，就像杀死白胖子和浮尘那样？青竹闭上眼，强忍着疼痛，动弹不得。

突然，一阵冷风掠过，接着就是打斗声。青竹睁眼抬头，见白尾尖正对着凤尾蕨的脸挥舞着前爪。凤尾蕨的脸上瞬间出现几道血痕，她疼得一缩，却又被白尾尖的巧妙扑击撂倒在地。白尾尖的动作是那样娴熟，那样轻快迅捷，又是那样有力，青竹简直看呆了。

几个回合，满身是血的凤尾蕨败下阵来。

"真搞不懂你们两个疯子！"她喘息着，"这样弱小的同类，就活该被淘汰。这个世界历来如此。"

"白胖子和浮尘一点儿也不弱小。白胖子善良好心肠，浮尘对鼠崽充满母爱。他们是好同伴，为了家庭他们丝毫不懦弱。"青竹气愤地甩动着尾巴。

"得了吧，别坚守你过期的观点了。"凤尾蕨靠墙稳住阵脚，血从脸颊上滴落。她苦笑着，"以为同伴都很友善，以为可以交到朋友，以为母亲和手足会记住自己，以为世界上会有所谓的和谐。但同伴之间冷言冷语，朋友之间随意背叛，亲人之间漠不关心，社会如此黑暗冷漠。谁不会改变？谁不会掩起自己友好纯洁的内心？谁不会变得凶残？谁不会堕落呢？"

堕落。是的，青竹第一次听到凤尾蕨这样贬低她自己。他猛然反应过来，自己对面前这只有红棕色脚爪的家鼠还不够了解。她……也是这样一路走来的吗？她也曾是一个想要改变世界的幼鼠吗？她也有一个心中的红影，一抹幻光吗？

"别人伤害你，你就伤害别人，这是什么逻辑啊？"他嘴硬地说，"反正我不会，我和红影不会，我们会改变这一切。如果你是这样的无情和执迷不悟,那我们就不再是朋友。"

凤尾蕨呆呆地看着他,但很快地耸了耸肩,看着他身下瑟瑟发抖的幼崽:"留着她吧。"说罢,她消失在洞口。

青竹松了口气,将幼崽更紧地搂在怀里,试图安慰她。白尾尖低头看着幼崽,似乎回忆起什么往事,连连叹息。

"你……要和我一起抚养她吗?"青竹迟疑地问。

白尾尖凝视着他们,苦笑着摇了摇头。"不。你或许可以保护她免遭杀害,但你控制不了岁月对她心的侵蚀。"她走出洞穴,望着远方,"再说,我也要走了。离开这个沉沦的地方,回到我的故乡,那里,有我的父母,我的兄弟亲人,我的同胞……"

"好吧。"青竹有些失望。

白尾尖多么像红影啊!如果他们在一起努力,世界或许真的会变好。为什么找不到红影呢?改变现实,我一个人根本做不到。他无声地叹息。

"别忘了你的梦想哦。只要你不将梦想当作空想,总有实现的可能。"白尾尖向他眨眨眼,"我在远方期待这边的好消息!"

"不将梦想当作空想。"

"人生永远追逐着幻光,但谁把幻光看作幻光,谁便沉入了无边的苦海。"

不知为何,他总觉得这两句话之间有什么隐隐约约的联系。

第二十章 夜雨

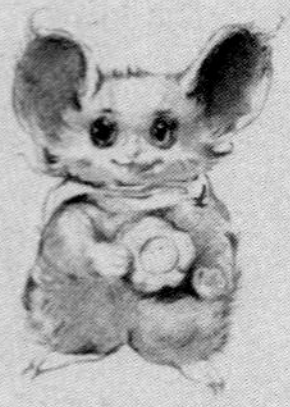

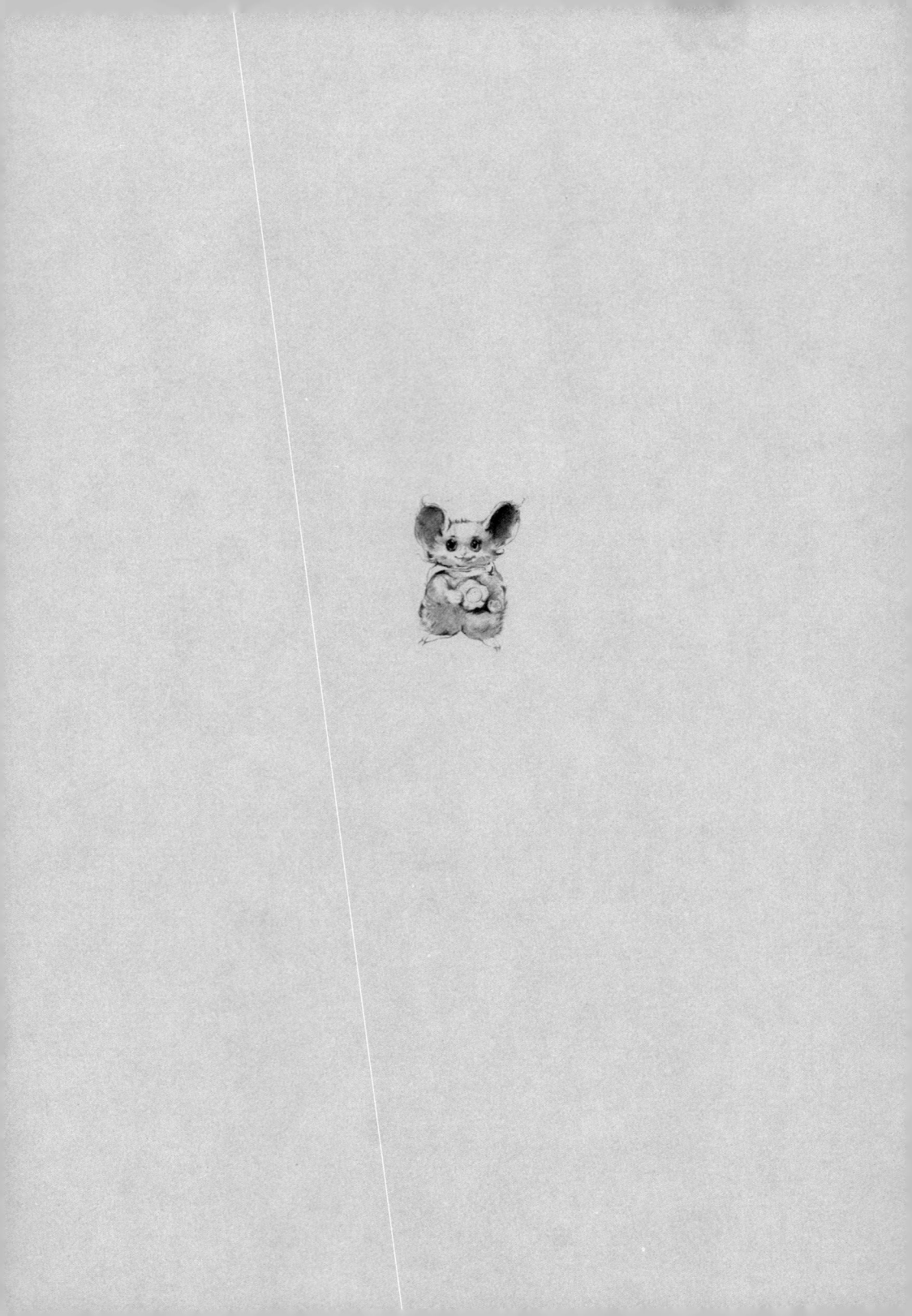

青竹疲惫地叼着几枚新鲜的浆果，蹚过地上的水洼，向隐藏在蕨丛外围的窝奔去。

　　他知道幼鼠夜雨在窝里等着食物。自从将夜雨带回来，他就住进了这个新挖的小洞穴里，将全部的积蓄都运了过来，防备万一哪天凤尾蕨找到他的旧穴。夜雨有个闪失可不好。

　　凤尾蕨这样的同伴已经不值得信赖。

　　他想着，抖落身上的水。这刺骨的雨已经下了好几天，冻得他一夜都睡不好觉。地面湿漉漉的，泥泞的小径上布满了凌乱的脚印。

　　为了这只丧父又丧母的幼鼠，青竹每天跑好几处灌木丛，几次搜集隐藏在深处的果实，带回来填满幼鼠的肚子。但冬天已经到来，大多浆果早已被瓜分干净了，他存放的几堆也是干瘪的果干，没有什么水分。终有一天，她得吃点儿别的。但吃点儿什么好呢？总不能也让她去吃那些残渣剩饭、同伴尸体吧？

第二十章　夜雨

忧虑之余，他看到洞口，一个粉色的鼻头顶开了蕨叶门帘，随后是一道白影闪出来。夜雨从洞穴里蹿出来，不顾凛冽的寒风，围着他撒娇。她柔软的细小白毛顺过青竹的身侧，让他倍感温暖和幸福。青竹放下食物，轻轻顶顶幼鼠："夜雨乖不乖啊？我们进温暖的洞穴吃饭去。"

"嗯嗯，我已经把窝打理好啦。"她蹦跳着进了洞穴，跳进窝里，从青竹嘴里接过食物，一会儿吃得满嘴汁水。

青竹摸摸她的毛发，又一次踏入了泥浆中。他艰难地行进着，努力让脚抬得更高、更远。他要赶着饭点到达那里，在垃圾桶里找些多汁的新鲜蔬菜带给夜雨。她可真能吃。

抖落脚掌上的泥土，他果断地绕开高墙，奔入了被脓血长年侵蚀的空地。几只家鼠的尸体突兀地斜躺着，双眼无神，皮毛被撕扯得破烂不堪，胡须也被拽落了不少。几只瘦骨嶙峋的家鼠从空地边缘奔来，扑到死去的同伴身边，撕剥鼠皮，揪扯胡须，吞咽热血，啃食鼠肉。

他忽地回想起浮尘的话："再过三个月，冬天来时，你和我就一样了。"有多少家鼠悄然变化了呢？有多少家鼠开始为了自己的利益伤害同伴了呢？有多少家鼠放弃挣扎了呢？有多少家鼠堕落到黑暗中去了呢？

他还能坚持多久呢？

回应他的是飞溅的脓血和撕碎的肉片。

一个身影在他脑中浮现，红棕色的皮毛，金黄的眼眸，轻轻抬起的深色尾巴，矗立在树的枝尖。多个月未见，她的模样在青竹的记忆里变得有些模糊、虚幻，但她的话语一直清晰地回响在他耳边，引领他前进，让他不忘本，让他不杀戮，让他不放弃，让他不堕落，让他坚定信念，坚守在自己的立场上。

踏着同伴的鲜血，他登上桶沿。垃圾桶里还是一如既往的混乱。几只家鼠在争抢半块腊肉，三只幼鼠围着一条细鱼龇牙咧嘴，一只老鼠拖着一个玉米棒往外跑，身后追着一堆年轻力壮的家鼠。

青竹瞧瞧左边又瞅瞅右边，选中了埋在西红柿下的一截白菜。他望望四周没有同伴发现，径直跃下桶沿，踩着一只家鼠的背，径直蹿向菜柄。一只轻巧的、动作迅捷的家鼠从侧面蹿到他面前，用后腿一顶他，前爪抱住菜柄，锋利的沾血的牙钩出白菜，一个前滚翻，一个高跃，登上桶沿就要跑。青竹犹豫一下，跟上抢食的家鼠，拽住尾巴，一掌打下白菜叶，接着推开挡路的几只幼鼠，可算是带着新鲜菜叶出了垃圾桶。

收贡的家鼠拦在他面前，龇龇牙齿，目露凶光地弓起了背。青竹抖了抖皮毛，赶紧撕下一半白菜，递给对方。

他紧张地叼起食物就跑，还不停地回头张望。"如果让其他家鼠，或是凤尾蕨知道了我的住处就不好了。"若是在从前，他倒不必如此担心，随时可以更换洞穴，四处游荡，不怕家鼠的偷袭。但现在不同，夜雨还不能独立生存，皮毛还未长齐，牙齿还不锋利，心智还没成熟，不能跟着他逃亡流浪。她更容易

第二十章 夜雨 171

受到袭击和伤害。

青竹越是跑着，越是着急——夜雨会不会跑出来被家鼠咬伤，会不会被汽车轧成肉饼，会不会误打误撞走进毒鼠屋，会不会因为好奇尝了鼠药，会不会被其他家鼠掳去了？他加快脚步，一头钻入凤尾蕨丛，扎进洞穴。他慌张地望着洞穴深处的小窝。

夜雨蜷缩成一团，躺在窝里睡得正香。

她的皮毛随呼吸一起一伏，白色的毛发因寒冷抽动着。稍短些的粗尾巴像极了她的父亲白胖子，而淡黄的眼睛则像她的母亲浮尘。希望她更像白胖子的性格，有他的友善和专注，友好地对待同伴们，感化他们。青竹想着，在窝边放下菜叶和几颗玉米粒。

他伸了伸腿，躺进沙沙作响的窝中。

第二十章　夜雨

第二十一章
冰天雪地

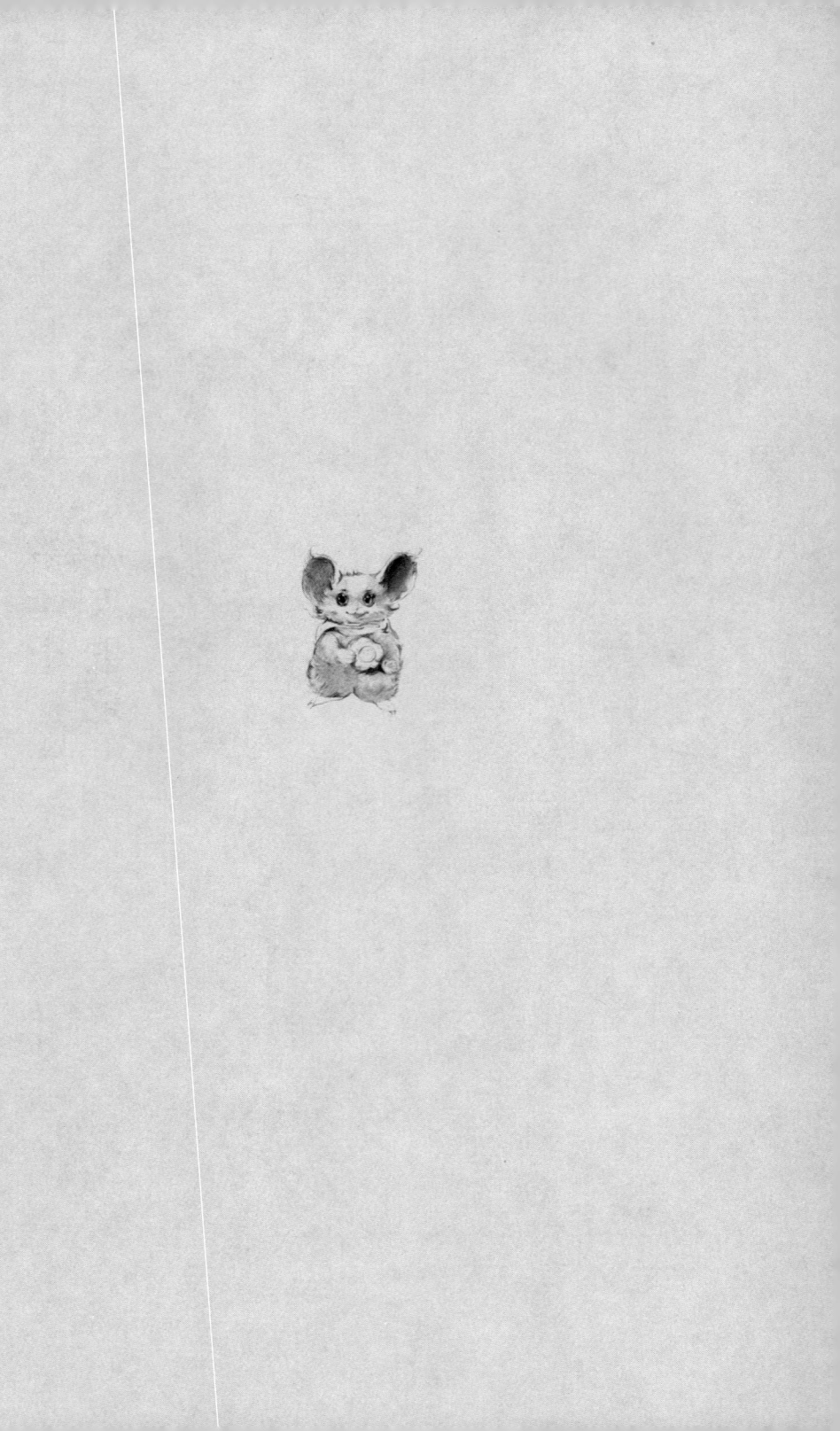

青竹从洞穴里钻出来，眼睛被刺得睁不开，一夜之间，白色笼罩了世界。

幼时，母亲曾给他描述过冬天和雪的情景。但当他第一次亲眼看到，依旧惊呆了。空中飘散着细细的絮状雪花，它们洋洋洒洒地落下，挂在一切可以依附的东西上。泥土、蕨丛、树杈、路灯，无处不挂满了冰晶，美丽极了。

刺骨的寒风让青竹从美景带来的震撼中反应过来。他缩紧脖子，向洞穴深处退了几步。"下雪原来这么冷，快把我的头给冻掉了……"还没来得及抱怨几句，一个毛茸茸的小球顶上他的肚子。夜雨从窝里蹿起来，急着像往常一样要跑出去玩。青竹赶紧拦住她。她哼哼几声，抖抖耳朵。

"今天先不要出门了，乖夜雨。今天实在是太冷了。"青竹解释道。

夜雨很乖，一溜烟跑回洞里摆弄苔藓球去了。青竹在洞口犹犹豫豫，想想自己和夜雨还饿着肚子，一咬牙，出洞觅食。

他花了点儿时间适应冰冷的大地和空气,蹬蹬腿,迈开步子,向着浆果丛走去,想着像以往一样找点儿新鲜干净的水果给夜雨。青竹在木丛中埋低身子,嗅着新鲜浆果的气味,却只嗅到雪的气味。挂在枝条的浆果齐刷刷垂下了头,硬邦邦的,全被冻住了。他试着摘一颗下来,没有成功,还硌得牙疼。

又去到平常摘菜叶的地方,也是一样惨淡的局面,菜叶被冻烂了。

"算了,算了,退而求其次,没准垃圾桶里还有点菜叶。"他安慰自己,又赶往垃圾桶。

有一段时日了,路上的行人骤减,那些每天清晨背着"大块四方肉"的幼小人类也都不见了,灰色建筑里已经很久没有人类聚集发出的声音。

因此,近几日的垃圾桶好像也不像以前那么热闹了。青竹赶过去的时候,桶边躺满冰冷的尸体。他们中有的遍体鳞伤,凝固的鲜血淌在地上。有的瘦弱不堪,被积雪覆盖。还有几只强壮一些的家鼠从桶里翻出来,直奔尸体。"这些抢食能手怎么也开始吃死去的同伴了?"青竹暗道不妙,跃进桶去。桶里只有薄薄一层汤水和几小摊米粒,都能看见桶底。"又得挨饿了。"他无奈地离开。

没有食物的日子,他们靠着之前的库存很节省地生活。青竹把所有库存都让给夜雨吃。虽然外面有的是暴毙荒野的尸体,但是他宁愿自己去喝那沾满血水的剩汤汁果腹,也不想夜雨接触半点同类的血肉。夜雨太干净，太天真了。青竹不容她的心受半点污染，就像他对曾经的自己要求的那样。

洞里残余的一点儿干叶子和果干渣渣也让夜雨吃完了。

这样一顿有一顿无的日子一过就是几周。雪每天都在下着，每天都变得更加寒冷。单薄的蕨叶门帘无力阻挡寒风，冷气直透进洞里。即使他与夜雨紧紧相依，还是免不了颤颤发抖。

"青竹叔叔，我好冷啊，我好饿啊……"小夜雨每夜都在他耳边轻声念叨着。营养不良使她越来越瘦小，越来越不能忍受寒冷。

青竹又何尝不是如此。

他每天清早早早地在垃圾桶边等待着，祈祷着能有一点儿吃的，至少能让夜雨果腹也行啊。结果是一次又一次的失望。食物少得可怜，又往往被体格强壮的家伙们抢了先，根本轮不上他来选一份。冻死、饿死的家鼠随处可见，路上满是僵硬的尸体。曾经身体强壮的家鼠们，唉声叹气地靠啃食同类为生。他们无神地撕咬着，狼狈不堪，仿佛随时会支撑不住倒在地上。

生活变得如此艰难。夜雨的哀号让他心绞，饥饿和寒冷让他难耐。今天，他决心带回一点儿吃的东西。

他蹲守在垃圾桶边整整一天。傍晚，一个人类匆匆路过，半个炸鸡块落在他身侧。天降好运啊！他叼起鸡块就跑。不知哪里冒出的一个大块头不费吹灰之力将他撞倒，轻松把鸡块夺走。青竹懊恼极了，眼前浮现夜雨瘦小的身影。他迅速追上去，抬爪钩住对方的皮毛，伸长尾巴将其绊倒，咬住肩膀不松口。血流进他的嘴里，暖暖的，咸咸的，腥腥的，这味道惊醒了他。他稍一松嘴，就被对方扇了一个巴掌。对方不恋战，跑开了。

又一次失败。返回窝中，看到夜雨饿得皮包骨，青竹自己走路也忍不住摇摇晃晃。毫不留情的冷风并不同情他们的境遇，整夜，他们冻得睡不着。

天刚方亮，青竹摇晃着走出洞口，精神恍惚。

"找点儿东西吃……今天，一定要……让夜雨吃上……"

青竹跌跌撞撞向着浆果丛的方向前进。即使他心里明明清楚这又将是一无所获的一天，他还是强撑着翻找每一片灌木丛，拨开每一片雪地，什么都没有。

第二十二章 重返旧地

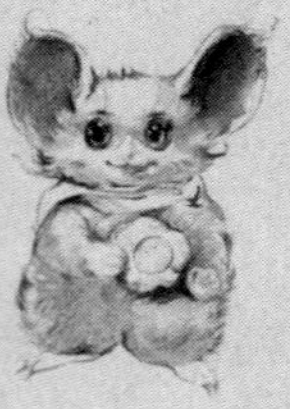

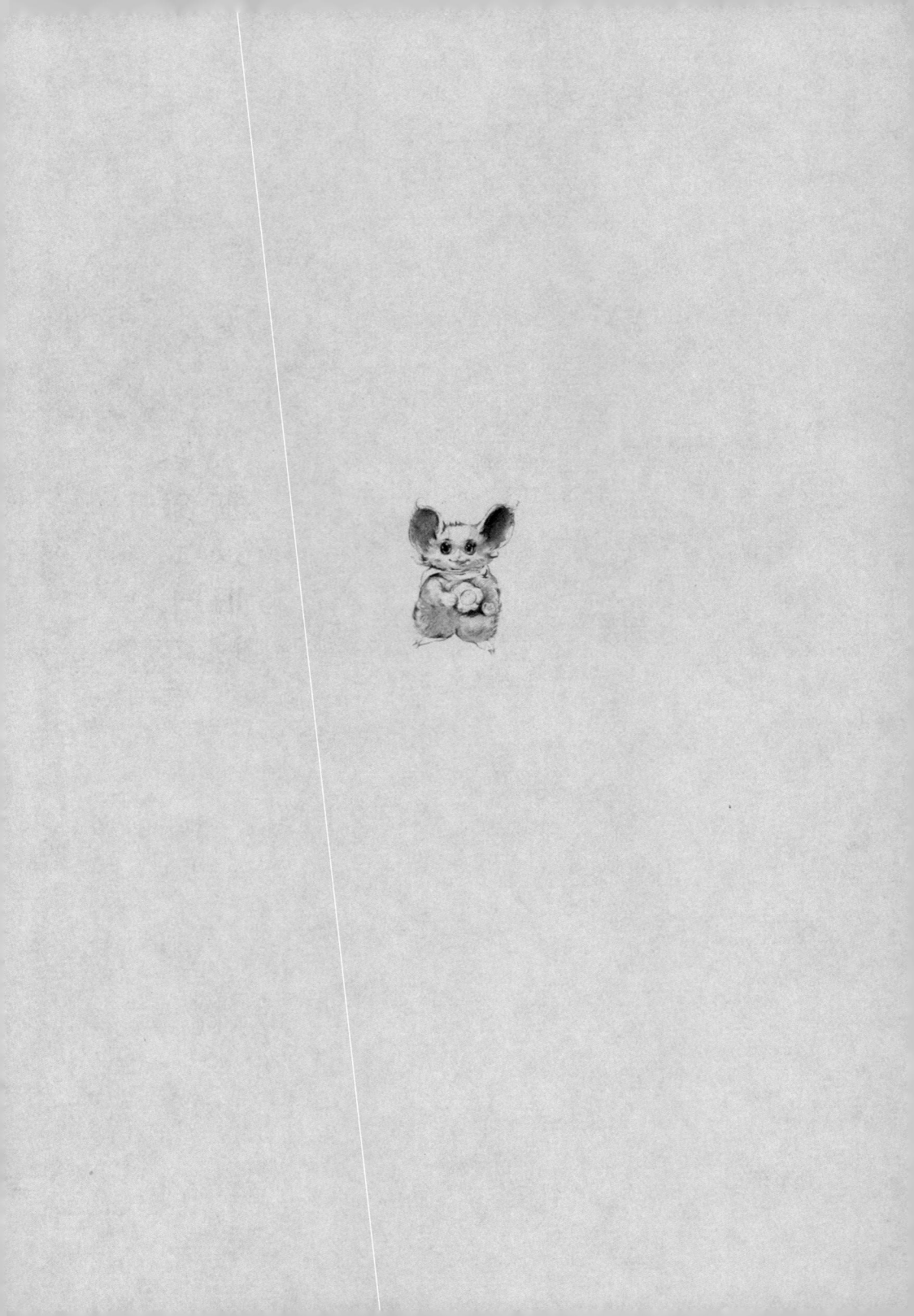

他情不自禁地向着凤尾蕨丛走去，蕨叶上的冰晶被他的皮毛蹭掉，轻柔地扫过他的侧身。回到熟悉的地方让青竹暂且忘却了饥饿的痛苦，他快乐地在叶片间穿行，如同一切都从未发生过。

想到凤尾蕨残忍地杀害浮尘和白胖子，害夜雨成为孤儿，他又愤恨起来。

他依旧不清楚自己为什么还要走到这里来。也许，他是暗暗期盼能从凤尾蕨这里借到一点儿食物吧。但他想到自己那么刺耳地说出"我们不再是朋友"，凤尾蕨一定理都不会理他了。

唉，为什么要把话说那么绝呢？青竹有些懊悔。

仔细想想，他也没有那么恨凤尾蕨。她不是什么好同伴，但毕竟也帮助过并教会了青竹很多技能，也是青竹为数不多的朋友之一。

顺着熟悉的小路，他来到了许久未见的洞口前。自从他带着夜雨远走高飞后，他再也没来过这个地方。

当初他把洞口打理得很完美。洞口有分叉的蕨叶，高大又挺拔，在蕨丛之中格外明显。

"万一有人要来找我做客呢？在凤尾蕨丛里可容易迷路了。这样，他们能一眼就认出我的洞穴在哪里。"

"别惹是生非了！快点拔掉。"凤尾蕨毫不留情地戳戳植物的根茎。

"这可是我的家门口。"青竹争辩道，"你的洞口很隐蔽，没有家鼠会发现的。"

"我家距离你家这么近，你这样设计，迟早把敌人引进我家里。"

"有客来访是多么美好的事情啊。我会热情款待他们，成为朋友，他们就不会做坏事。"

青竹回忆的画面清晰浮现，就像发生在昨天。

最后，他是怎么说服凤尾蕨的呢？一点儿印象也没有了，但那几根高挺的叶片最终得以立在门口，宣告他的胜利。

现在，它们还在那里，只是被雪压得弯下了腰，不堪重负。洞口前有一片干净的空地，摆着几枚他精心挑选的卵石。有同伴来的时候，可以一起靠在卵石边聊天。青竹特地放了好几枚。以为借着凤尾蕨的人脉，朋友会多起来，会有很多人来访。事实上，高墙上的家鼠大多没能称得上朋友，也从未来做客。几块石头摆在地里，虽然距离很近，却那样孤独。

他的洞口依旧挂着蕨叶做的门帘，和他与夜雨现在的小家一样——只有植物的清香，不带同类的鲜血。他曾经为这与众不同的门帘骄傲。然而现在他才明白，蕨叶门帘在刺骨的冷风面前几乎毫无意义。

青竹拨开蕨叶门帘，眼前竟是一片毛茸茸。

"谁把这鼠皮挂在我旧居门口了？谁趁我离开霸占我的老家了？是谁？"青竹心头升起无名火。

是的，除了她还能有谁？

"到处都是凤尾蕨的气味。"凤尾蕨肯定刚刚来过。青竹又气又怕，不知道是气凤尾蕨强行占用，还是怕再次见到她。

于是，他小心地顶开鼠皮。鼠皮软乎乎的，"至少，上面没有血迹。"他强忍着恶心，抖抖尾尖，走进洞里。洞里的摆设几乎没有改变。窝铺还在原来的位置，只是铺上了一层一层紧紧相贴的鼠皮，面积也比原先大了许多。他用爪子按了按窝，的确比蕨叶的窝更舒服，更温暖。青竹愣愣地盯着窝铺看了一会儿，用力把头摇得像拨浪鼓。"这是多么残忍！多么无情！多么卑鄙！多么……"他一时想不出词。原本存放食物的地方被掘出一个大坑，里面堆满雪和冰块。他好奇地翻了翻，发现里面埋着同类的尸体，胃里一阵翻涌。

他这下彻底搞不懂凤尾蕨在做什么了。她是想把这里改造成自己的次卧吗？可是厚厚的鼠皮窝上没有睡过的痕迹。她是想把这里当作仓库吗？可是这里空荡荡的，物品的摆放和曾经一样简单。

她是期待青竹回来，提前给他收拾妥当吗？青竹很快打消了这个念头。凤尾蕨才没有把他当作朋友。

如果是朋友，就不会在我的家里放这么多我不喜欢的东西。

青竹判断着：不论怎样，这里已经是凤尾蕨的地盘之一了。以她的脾气，加上青竹曾对她说过的绝情的话，凤尾蕨要是发现他又回来了，肯定会把他撕得粉碎的。这里不再是他的家了。

青竹伤心地回头。他多么辛苦地修筑了这个洞穴，在这里度过了那么久的美好时光。现在，他的家却变成了他人的住所。他真想哭。

青竹麻木地走着，没有思考，任由自己的腿带他前进着。他来到了凤尾蕨的家。

凤尾蕨家还是老样子。新鲜血液的气味充盈着洞穴的各个角落，成堆的鼠皮整整齐齐地堆叠在一起，放在鼠皮仓库里，让洞里有些许闷。原本堆放食物的地方也被挖了一个填满冰雪的大坑。青竹已经知道坑里放着什么了，直接绕了过去。

凤尾蕨不在家。青竹松了口气，却也不敢放松下来。他沉默着在洞穴里坐了一会儿，回忆着自己第一次来到这里的那天。

红影从猫爪下救了他。凤尾蕨让他借住在这里，让他养伤，教他如何在鼠群中生存下去，教他如何战斗，如何快速夺食，如何完整剥下一张鼠皮……如果她不要求青竹学习这些残忍的技能，青竹肯定万分感激她。

凤尾蕨在教他堕落。为什么呢？即便他们作为朋友和邻居相处这么久，他还是完全不了解凤尾蕨。

"怎么回事？"凤尾蕨的声音突然响起。青竹吓得一哆嗦，差点儿跳起来撞到天花板上。声音是从他背后响起的。他急速回过头，做好防御准备。

"怎么回事？香肠通道这么多积水。"原来凤尾蕨在香肠通道里，而青竹就坐在通道前。还好，通道的门口挂着鼠皮门帘。他们互相看不见。确认自己没被发现后，青竹平静下来。他贴在门帘上，听通道里的声音。

凤尾蕨叹了口气，停顿了一下。"糟糕的日子总是这么猝不及防，越来越困难了啊。今天得去寻食，解决吃饭问题。活着才是最重要的，不是吗？"她说，声音越来越靠近，然后是一段时间的沉默。青竹的耳朵在门帘上贴得更近。

"解决之后，就早点回来吧。"

就像在他耳边说的一样！青竹十分庆幸自己没有惊叫出声。凤尾蕨已经站在门帘处，正在用爪子按动鼠皮。来不及逃出洞穴了，青竹一头钻进鼠皮仓库，将身子藏进厚厚的一沓皮毛里。皮毛的气味令他作呕。

脚步声一点一点靠近了。透过缝隙，他看见了凤尾蕨红棕色的脚掌，如同四个狍子。脚掌就在他眼前，凤尾蕨面朝着鼠皮仓库的方向，一动不动。青竹吓得大气都不敢出。

"至少皮毛收集够了，寒冷的日子不会太苦。"她转身走出洞穴。

青竹确认她离开后，从皮毛间探出头来。他抖抖身子，从惊吓中恢复过来，肚子里的空虚感折磨着他。罪恶爬上他的肩膀。他强忍着罪恶感，吞了口水，掀开香肠通道的门帘。

就拿一根，应该问题不大吧？可是，里面一根香肠也没有。

通道里干燥如初，没有一点儿积水。

第二十三章 我不想死

长长的草叶还没完全被雪掩盖，能分辨出一条不太清晰的小径。青竹沿着小径徒劳地翻找。小径上每走几步就看见一具家鼠的尸体。有的尸体还温热，与周围的冰雪形成极大的反差。青竹趴在刚刚死去的同伴旁边取暖，他紧紧地贴着，紧紧地抱着。

这些皮毛与洞穴里又湿又冷的蕨叶不同，干燥温暖而柔软。要是每天都在这样舒适的皮毛上入眠，那该多好啊！他迷恋般地靠在皮毛上，直到尸体渐渐僵硬，温度也与周围环境相同的冰冷。雪埋住了他的脸，他清醒了一些。

"怎么能睡在同类的皮毛上呢？别忘了我的原则！"青竹离开尸体。

"为什么不呢？都快冻死了。"青竹回过头，看着那舒适的鼠皮。

"不论情况多么艰难，我都不会放弃！我可是有伟大理想、高洁志向的家鼠！"想到这儿，青竹头也不回地走开。

第二十三章　我不想死

"如果我死了,那些理想、志向、原则,等等,又有什么意义?"

……

他纠结着又走了一段路,两种思绪在他脑中争斗着,激烈,不停。

很快,他又瘫在地上直喘粗气。思想斗争让本就供能不足的身体雪上加霜。青竹随便找了一块石头倚着歇息。石头的触感有些奇怪,他的背被剐得生疼。他回头摸摸石头,表面布满横向的爪痕,深刻又古老,不知在这土地上存在了多久,看上去有点眼熟。

这里似乎是去往白尾尖住所的小径。小径边的草叶枯黄又萧条,细碎的白花全然不见。洞口也被积雪埋住了大多,与上次拜访时已大不相同。

他期待地望向洞口。如果,只是如果,白尾尖还没离开……

寒风阵阵,他缩了缩,叹了口气。想什么呢?白尾尖离开都好几周了。

想是这样想,他钻进了洞穴,呼唤旧日鼠群首领的名字。他摸索着查看曾经存放过食物的地方,祈求能有一点儿残留的东西。"请您可怜我,赐予我食物吧。伟大的神明!"他倒在洞穴里哭泣起来,"求求您,我和夜雨就要饿死了……"

他无助地挪动着,摸寻着,念叨着,期待着。

什么都没有！

青竹哭喊着。他喊白尾尖，他喊泼水和饭团，他喊樱花，他喊母亲，他喊浮尘，他喊白胖子，他喊凤尾蕨，他喊红影，一遍一遍地喊着红影。

他大声呼救，却无一回应。

风呜呜地咆哮着，雪花更加密集了。青竹在雪地中艰难地穿行着，他想不起来上次进食是什么时候了。长途跋涉却一无所获，他实在是走不动了，腿摇晃着，要跌下去。接着，他站不起来了。他弯曲四肢，蠕动着前行。

他又一次来到了灰色建筑前，又一次来到曾经见到红影的地方。

就是在那片灌木下，他被知己从巡逻的人爪中救出；就在那个平台，他与猫搏斗失足落下；就在那棵树下，红影让他没有命丧猫爪。他想抬起头，好好查看这几处，有没有红棕色的身影，有没有光芒，有没有希望。但他抬不起头，他陷在沉重的积雪里，眼前的一切都越来越模糊。

青竹向前爬动，不知道要去往何方。他脚掌麻木，已感受不到冷，全身的器官好像生了锈，极其缓慢地运转着。他喘不上气来，把头埋在雪地里。

他感觉自己快要死去。

他还不想死。他还没有改变鼠群，还没有改变这个无情又冷漠的世界，还没有把爱与和谐传递到每个角落。

他不想死。他放不下夜雨，放不下红影。

他不想死，他想活着，想四处游历探险，想睡在温暖舒适的小窝里，想吃一顿热乎乎、冒着蒸汽的大餐。他想做所有事，无论做过的还是没做过的。

荆棘纠缠着他，他试图挣扎，但尖刺越扎越深。他沉没在血红色的海洋里。好暗，好黑，看不见一丝光亮。无数的家鼠扑在他身上。他们咆哮着，黄色的眼睛凶狠地眯缝在一起。青竹被压在身下，无力还手。高墙上挂着奸笑的嘴脸。他们前仰后合，食物洒了一地，幻化成猫的巨口。一道红光闪过，他从高空坠落。

泼水和饭团扭打成一团。他们快活地笑着，紧张地喘息着，愤怒地高喊着。母亲一边为他梳洗皮毛，一边把食物塞进另一只也叫青竹的幼鼠口中。左边，年幼的樱花与他嬉闹着；右边，长大后的樱花正劝告他什么。慢慢地，他们都消失在红色的阴影中。

白胖子兴高采烈地讲述着今天的奇遇，拉着他去采集新鲜的野果，和他谈论人类的古怪玩意。浮尘轻蔑地望着他，随后露出不甘的神色，将幼鼠护在身后。夜雨蹦跳着向他走来，慢慢瘦小下去，无助地哭泣着。白尾尖微笑着地向他告别，踏上远行的征程。凤尾蕨用一种难以捉摸的神情注视着一切。

红影蹲在树杈上，竖起耳朵听着楼里的人类讲话。她看见青竹，友好地向他眨眨眼睛。她的身影越来越模糊，直到她与血红色的阴影融为一体。

青竹在无边的血海之中沉下去，沉下去。他无法呼吸。

雪呛在了他的口鼻里，青竹咳嗽着清醒了一点儿，梦境中的画面消失在茫茫白色之中。他吃力地挪了挪头的位置，又无力地趴在地上。

他感觉快要死了。

就这样死去吗？

冥冥之中，他看见一抹红色，温暖的、友善的、慷慨的红色，抖动着，像在对他招手。青竹的身体里迸发出最后一点儿力量，他向那红色靠近。

"是你吗？"他的嗓子里挤出一点儿声音。

"你可以称呼我'红影'，但我只是幻光。请你记住，'人生永远追逐着幻光。但谁把幻光看作幻光，谁便沉入了无边的苦海'。"他仿佛能听见红影的声音。

青竹用尽最后的力气，伸出前爪。

他抓住了什么。

只是一块红布，掩埋在雪堆里。

他感觉心中什么东西断掉了。他无言地摩挲着红布，把它揽进怀里，不再动弹。

　　他努力了这么久，曾经无比坚信自己可以保持本心，可以和红影一起改变世界。在困难的每一天，他都没有放弃尝试，都没有放弃寻找红影。

　　青竹失败了。

　　他无法用自己的方式在这里生存下去。

　　在这个永远灰蒙蒙的世界里，所有鼠都这么自私自利，把他的友爱和谦让当作软弱的表现，欺负他，侮辱他，说他无牙又无爪。

　　"在他们眼里，我是疯子，傻瓜，废物，是活该去死的家伙。"

　　"我为我的理想和原则，坚持了这么久，又是为了什么？为了去死吗？为了继续被看不起，继续被欺负，继续被侮辱吗？现在我就要死了。谁关心我，谁在意我——就像我对濒死的家鼠们那样，就像我对所有人那样。"

　　"我友善待人，委曲求全，甚至搭上生命，可我得到了什么？"

　　"他们不值得，这个世界不值得。"

　　他把头埋进红布里。

　　像红影那样的同伴真的存在吗？在经历了这么多之后，红影还能保留着那纯真的本心，还坚决地远离堕落的深渊，还没有沉入无边的苦海?

或许——只是幻光罢了。

绝望像黑色的血水一样冲刷他的心,像同伴的尖牙利齿撕扯他的皮毛,将他撕碎。红影只是个幻光,志同道合的朋友只是个幻光,改变鼠群的愿望也只是幻光。但同伴的辱骂是真实的,垃圾桶中你死我活的争抢是真实的,冰冷的生活是真实的,满地的尸体和暗红的鲜血是真实的,凤尾蕨的话语是真实的。

他所追求和期待的一切都是不可能实现的。

他沉默地等待着心中最后一点儿信念燃烧殆尽,一切化为灰烬。

他就要死去。

但是求生的欲望让他一激灵,他发狂般地张开嘴,咽下雪霜,草根,泥土。他不管不顾地吞咽着,凭着刚刚获取的一点点能量站了起来。他重新获得了感觉。他感觉到饥饿,万分饥饿;他感觉到寒冷,极其寒冷。他站起来,蹒跚着走向前方。

他终究不想死。他不顾一切地想要活下去。

他的骨子里流淌着对死亡的恐惧。

青竹又吞了一口雪,越发饥饿。他麻木地在地上扒拉着,摸到一个还温热的东西,就一点一点地啃食着。口腔中充盈着血的气息。是一只冻死的家鼠吧?又有什么关系呢?吃了就能活下去！他没有停下。

他的头脑逐渐清醒，生命的力量注入四肢，眼前的一切重新变得真实起来。他把骨头踢开，抬起鼠皮。按照凤尾蕨教过的那样折叠整齐，叼在嘴里，向洞穴跑去。

来到洞穴口，青竹眨眨眼睛，想起了什么。他丢下鼠皮，丢得远远的。

他走进洞穴。夜雨听见他的脚步声，急切地跑上前。

"你终于回来了！"她抱住青竹不放。

瘦小的身子传来阵阵温暖。

青竹也抱住她。

第二十四章 美好的归宿

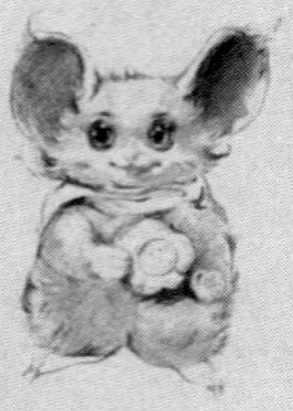

他们撑过了冬天最寒冷的时候。白雪融化殆尽，路上行走的人类渐渐多起来，高墙上又坐满家鼠，垃圾桶内也没有之前那么荒凉了。

　　夜雨脸上逐渐绽放出开朗的笑容。青竹并没有因此高兴起来。天气依然寒冷，食物也不是每次都能抢到，鼠群恶劣的环境让他难以放松。

　　青竹开始为夜雨的未来发愁。他不想让这个可怜的孩子在这样的环境中长大，不想让夜雨经受和他一样的困苦。她还那么小，那么纯真，没有经历过生存的艰辛。或许，她与父亲一样，并不是家鼠，她不应该住在这里。

　　他回忆起白胖子说过的：白胖子曾是人类掌中的宠物，衣食无忧，人类限制了他的自由，却没有限制他的思想。也许，将夜雨送去人类家中生活更为合适。

　　他纠结地用脚掌摩擦地面，抓出一把又一把细沙和泥土。他又目光无神地坐了一会儿，随后猛起身，抖了抖凌乱的皮毛，清理干净身上的尘土，转向夜雨，示意她过来。

"今天你要去干什么呢？探险吗？"夜雨跳到他面前，耳朵兴奋地抽动着，"带上我一起嘛，我还没怎么出门瞧瞧呢，好想看看外面的世界……"

"这样吧，今天我带你去个好地方。"青竹趁机回应她，"那里衣食无忧，有温暖的小窝，不像这里日夜的寒风灌进洞口，那里还有友好的人类愿意做你的朋友，每天陪你嬉戏，每天照料你的生活。"

那里没有失望，也没有痛苦。

"好极了！我们现在就去好吗？"夜雨蹦跳起来。

青竹吩咐夜雨带上清晨寻来的食物，"就在大路另一边。我们需要带点儿口粮，要走很久的。"他接过包裹，让夜雨跳上他的背，甩甩脑袋，下定决心，踏上了旅程。

上午的天变得阴沉沉的，周围的草木垂着头，十分颓废。冬日的风在背后刮过，凉凉的，瑟瑟的，让人心生寒意。咆哮的汽车发出隆隆的声响，行走的人类穿着厚厚的棉衣在街上快步走过。风吹起青竹的毛发，阻挡着他前行的道路。他奋力迈开脚步，与寒风搏斗。

他顺着几个月前寻找鼠群的那条路前进。那时，他还是一只像夜雨一样的单纯小鼠，初涉江湖懵懵懂懂，认为鼠群是一个温暖有爱的大家庭。而现在，他明白了自己过去是多么愚蠢，坚持那些没有实质性意义的思想。鼠群的未来怎样并不重要，没有什么比活着更重要。

夜雨是他最后的牵挂了。

融雪后的道路还有些泥泞,他咬咬牙,背着夜雨狂奔起来,向左拐去,又向右拐去,绕开车轮,奔向大路对面。他凭借着记忆向前跑去,跑进过去,也跑进夜雨的未来。

轰隆隆的车声消失了,眼前是寂静的路面,沁入鼻中是清新香甜的空气。他猛地刹住脚步,他发现一幢漂亮的小屋出现在面前。这是个带有小院的房子,院中的小棚遮挡了冰雪的侵扰,很远就能闻到青草的芳香。棚下是一个温室,温室里栽着不少花草,在寒冷的冬日里绽放着烂漫的美丽。院中种着一棵果树,树下有一张高高的桌子,桌面和地面铺满花瓣。一个人类专注地摆弄着一片薄薄的有股木片气息的物件,完全没有注意到他们。他们走进小院。

就是这里了。

他拢起一些花瓣,铺成一张临时小床,轻轻将夜雨放下,把剩余的食物放在她身边。"你以后就在这儿生活了。夜雨,一定要乖乖听话哦。别害怕,这里的人类会对你很好的,就像亲人一样。"

他转过身。

"我知道你为什么带我来这里了!"她兴高采烈地喊着,"一定是我长大了吧。现在我可以自由生活在人类的家里,快快乐乐的,多好。青竹叔叔,你也别担心我,我会好好听话的。

我长大啦！"

不，送你来这儿，却是希望你永远不要长大。

青竹点点头，顺着她的话说："是的，摆脱以往生活的暗影，在这里，你会生活得很幸福。哪儿都别去，知道了吗？"

夜雨端坐着一动不动。

他打量着自己辛苦带大的幼鼠，断然扭过头，转过身，带着离别的痛楚，带着落下的眼泪，向着布满阴云的灰色城区而去。

他一次也没回头。

第二十五章
灰烬与小鼠

回到洞穴，已经是下午了。天空没有丝毫放晴的迹象，大地笼罩在一片阴影中。青竹胡乱收拾一下，走出凤尾蕨丛，前往垃圾桶。

空地上的血腥味似乎也没那么难以忍受了，那些无神的眼珠也没那么无法直视了。他走了好远的路，肚子咕咕叫，踩过几具尸体，登上桶沿，开始寻找可口美味的食物。一块润滑的番薯引起了他的注意，但碍事的家伙实在太多。他跃下桶去，推开一只不到五个月大的鼠崽，撞倒一位长者，又用力顶开一只挡道的家鼠。他只看见那块番薯，只想看见那块番薯，只有一个念头：

它是我的，谁都别想抢！

青竹奋力一扑，用爪子钩住食物，拖到身下。一只家鼠忽地跳到他背上。他迅速扭身，一脚踹向对方肚子，用牙划过对方的肩膀。

高墙上爆发出一片喧闹声，青竹抬头看见了凤尾蕨，和她眼中兴奋的色彩。"我可不是那个无牙无爪的胆小鬼了！"他更努力地击打对手，将他压在身下，撕开一道道血口。他的竞争对手无力反击，只能任由他折磨。青竹将她咬起，狠摔在地上。随着骨头断裂的声响，那只家鼠的命断在了他的尖牙下。他甩甩身上的血，叼起浸湿的番薯，重新跃上桶沿。

"我抢到了！"有史以来的第一次，他打败敌人得到了食物。他大口地咬下一块番薯，骄傲让食物变得格外可口。

高墙上传来一阵欢呼和咒骂。

他低下头去，看向水泄不通的垃圾桶，里面仍旧打斗不休。一个瘦小的身影吸引了他的注意力。那是一只皮毛稀薄的小家伙，怯生生的眼神，看上去似乎加入鼠群不久。两只大块头的家伙将他逼近角落，恶狠狠地威胁着，企图夺走他手中的食物。小家伙哪里敌得过他们，被生拉硬扯地拽上桶沿。两个家伙抢过食物就跑远去了。

青竹习以为常地耸耸肩，扭头要走。身后传来一声——

"那位前辈，为什么他们抢我的食物？为什么大家为了食物争抢不休？"

他头也不回，只顾向前大步走。

"我们属于一个鼠群，应该亲同一家，怎么能自相残杀？"小家伙继续追问道。

"亲同一家？你太天真了！我们毫不相干，互为敌人，不是你死就是我活。"青竹淡淡地答道。

"怎么会呢？"小家伙完全不信，"鼠群应是团结互助的鼠群，大家是同胞，应该和睦相处，互相帮助，不是吗？"

是吗？曾经满怀希望、追逐梦想的他，最终还不是要浸入这片冷漠无情、残暴血腥的灰色之中？还不是要融入这可怖的现实之中？他曾苦苦追寻的幻光，最后还是化作了虚无的幻光。

"小家伙，你这思想有点危险，活不过冬天哦。"他撇嘴一笑。

"我们打赌怎么样！我会召集那些善良友爱的家鼠，来感化鼠群。到时候这个世界会变得美好和谐，你们就不需要这样争斗了！对了，你叫什么名字？"

"我？我叫青……不！我的名字是——灰烬。"

他旁若无鼠地登上高墙，冷冷地扫视着曾经嘲讽过他的家鼠们。家鼠们自觉地移动，凤尾蕨身旁多出一个空位，灰烬站到凤尾蕨身边。大家眼里不再是轻蔑，而多了警惕和敬畏。凤尾蕨的神情也是如此。他低头又咬了一口浸血的番薯，细细品味那浓郁的香甜和血腥混合的滋味——似乎味道不错！这样的生活应该也挺好的。

"哈！没想到还能见到你……"凤尾蕨冷笑道。

"嗯。活着呢……"灰烬头也不抬，又咬了一口番薯。

番薯的能量继续充盈他的身体，可这次吃进嘴里的感觉却变得索然无味。灰烬舔舐着番薯上的血，血腥味令他作呕。他

第二十五章 灰烬与小鼠

强忍着反胃的不适，皱着眉头，不想让别人察觉到他的异样。

凤尾蕨没有察觉，耸耸肩，继续道："怎么样，现在体会到冬天的难过了吧？哈哈……"

灰烬没有回答。他勉强咽下最后一口食物，感受着凤尾蕨的得意。耳边是同伴挑战的号叫，家鼠之间的冷言恶语，他平静地看着这个仍被乌云笼罩的灰色世界。

垃圾桶里一阵骚乱，只见一只瘦弱的幼鼠，缩在正在打斗的两只家鼠旁边，犹豫着，小心翼翼地伸爪，想在打斗间隙里抓取埋藏在下面的食物。不经意间，它已经被两只打斗的家鼠"误伤"了几次，它焦急地哀号着。此时，一个身影闪现——正是刚才和灰烬打赌的小家伙。小家伙叼着一块豆干，撕下一大块递给幼鼠。幼鼠不停地说着感激的话。

灰烬浑身一颤，心脏跳动不觉地加快了一些。他闭上眼睛，深吸一口气，恢复了平静，观察四周，确认没有被注意到。

再望去，小家伙已经离开垃圾桶，小小的身影逐渐消失在茫茫灰色之中。

灰烬凝视着远方，厚重的乌云之中，似乎隐约透出一丝光亮。

天还是阴暗的，他任由一片红影笼罩在心头。